Un rayon de soleil entre nos vies

Groupe Eyrolles
61, bd Saint-Germain
75240 Paris Cedex 05
www.editions-eyrolles.com

Éditrice externe : Nolwenn Tréhondart.

ISBN : 978-2-212-56815-8

Corine Dossa

Un rayon de soleil entre nos vies

Roman
EYROLLES

Introduction

Dès sa naissance, Amarilla avait été un cadeau. Un cadeau aux multiples facettes, semblable à une poupée russe dont chaque enveloppe constituait l'emballage merveilleux d'un trésor encore plus précieux.

De par son entrée ferme et résolue dans notre quotidien, elle allait nous montrer que si, nous, humains, prenons les décisions qui tendent les voiles de nos vies, c'est une entité supérieure qui indique au vent la direction. Nous pouvons toutefois toujours réévaluer nos actions et suivre la brise vers une destination recelant d'autres promesses ou bien voguer à contre-courant.

Là réside finalement notre vrai pouvoir : celui de choisir ce que nous accomplirons avec les cartes dont nous disposons.

1

Lorsque ma sœur, Ariane, apprit qu'elle attendait un bébé, elle n'en fut pas plus troublée que cela. Elle signala très calmement à sa gynécologue qu'elle ne voulait pas de cet enfant. À tout juste vingt-sept ans, il lui restait tant à vivre et à accomplir qu'elle n'entendait pas se laisser enfermer dans la routine que ne manquerait pas de lui imposer la venue d'un bébé. La gynécologue, tout aussi calmement, la questionna sur la date de ses dernières menstruations. Ariane rétorqua qu'elle ne savait pas très bien car elle avait toujours eu un cycle irrégulier. Le couperet tomba aussitôt : l'avortement était inenvisageable, la grossesse datait déjà d'environ vingt-quatre semaines. Le délai légal était largement dépassé en France ainsi que dans les pays européens à la législation plus souple. L'information frappa Ariane comme un uppercut.

— Non, c'est impossible, répliqua-t-elle froidement, en foudroyant des yeux la gynécologue.

— C'est pourtant la réalité. Il y a bien une créature installée là, confortablement, depuis six mois.

Ariane sentit la panique l'envahir.

— Non, non, non ! Ce n'est pas possible, vous vous trompez !

Seul un silence lui répondit, suivi d'un regard compatissant.

— Vous ne comprenez pas. Je ne peux pas avoir cet enfant. Je n'en veux pas ! Je n'en veux pas ! JAMAIS ! hurla-t-elle.

La gynécologue lui proposa une échographie pour vérifier ses dires.

Ariane, soudain trop calme, ne réagit pas. Elle se laissa guider vers la table d'examen, s'y allongea mécaniquement, avant de planter son regard dans celui du médecin qui lui enduisait le ventre d'un gel froid. Elle fit la grimace, surprise par la sensation glacée, puis observa à nouveau sa gynécologue. Tout cela n'est qu'une grossière erreur, se répétait-elle. Oui, c'est ça, une grossière erreur. La spécialiste allait bientôt se confondre en excuses et reconnaître l'absurdité de son diagnostic. Elle, enceinte ? De six mois qui plus est ? Quelle bonne blague ! Ariane avait déjà entendu parler dans des émissions de télévision de ces femmes qui se découvrent enceintes un mois avant l'accouchement, parfois le jour même. Mais ces petites écervelées n'avaient rien à voir avec elle : elle l'aurait su, elle l'aurait senti, si elle avait été enceinte. C'est vrai qu'elle avait pris un peu de poids ces derniers temps. Mais les coupables étaient toutes désignées : seules les raclettes qui avaient accompagné son séjour en Suisse pouvaient expliquer le léger gonflement de sa poitrine, c'était évident.

La gynécologue lui indiqua une forme sur l'échographe :

— Vous le voyez, là ?

— Hein ? Quoi ?

— Le fœtus. Vous voyez, là ? Ses mains, ses pieds.

Sur le visage d'Ariane, se succédèrent l'incrédulité, le choc, puis le désespoir. Elle ferma les yeux, comme si elle cherchait à effacer l'image. Quand elle les rouvrit, la gynécologue prenait quelques mesures. D'un air complice, elle lui énonça :

— Il est parfait ! Il cache son sexe, c'est un petit filou, ce bébé ! Il aime les surprises. Au moins, vous êtes prévenue, il vous en réservera bien d'autres. C'est moi qui vous le dis. Je vous tire les photos.

Ariane ne réagit pas. Elle n'avait nulle envie de connaître le sexe de la créature qui venait d'apparaître à l'écran. La gynécologue lui tendit du papier essuie-tout pour qu'elle enlève le gel sur son ventre, puis, se rasseyant derrière son bureau, lui expliqua :

— Bon, Ariane, vous avez eu de la chance que tout se soit bien déroulé jusqu'ici, mais à partir de maintenant, il y aura certaines précautions à prendre. Vous êtes une femme enceinte, et vous entamez le troisième trimestre. Vous n'aurez que trois mois pour vous préparer, mais ça va aller. Ne vous inquiétez pas.

Ariane ne bougeait toujours pas. Elle restait allongée, le papier dans sa main droite ballante. Qu'avait-elle fait au destin ? Pourquoi ce bébé lui tombait-il dessus quand tant de femmes désiraient un enfant et n'y parvenaient pas ? Sa sœur, Camille, aurait été ravie, elle qui en rêvait depuis des années, sans avoir jamais trouvé le père idéal. Alors, pourquoi elle, qui ne saurait pas quoi faire de ce bébé ? Ariane s'était toujours tenue le plus éloignée possible des enfants, et des bébés en particulier. Comment allait-elle faire face ? Elle ne savait ni langer, ni donner le bain, ni comprendre les désirs d'un nourrisson. Comment avait-elle pu se mettre dans un tel pétrin ? Et son voyage de trois mois prévu en Asie, sac au dos, à crapahuter d'île en île ? Pas question qu'elle l'annule !

Elle en était là de ses réflexions quand la gynécologue, qui ajoutait à son dossier les dernières informations, leva la tête et découvrit son état de prostration.

— Ne vous inquiétez pas. Tout se passera bien. Vous vous y ferez, à l'idée de devenir maman, essaya-t-elle de la rassurer.

Retournant auprès de sa patiente, elle lui prit le papier essuie-tout de la main et nettoya le gel sur son ventre. Elle l'aida à se relever et la conduisit derrière le paravent où l'attendaient ses vêtements.

Ariane se laissa faire, écouta distraitement les recommandations du médecin qui lui prescrivit plusieurs examens sanguins à effectuer d'urgence, et sortit du cabinet quelques instants plus tard, comme dans un brouillard. Heureusement que le café dans lequel nous avions rendez-vous n'était pas loin.

2

Je m'appelle Camille Leroux. Je suis la sœur aînée d'Ariane. De trois ans exactement. D'aussi loin que remontent mes souvenirs, ma sœur et moi avons toujours été différentes.

Physiquement, d'abord. Ariane est mince, blonde, avec des cheveux mi-longs, raides, et la peau claire. Moi, je suis ronde et très brune : je tiens mes longs cheveux noirs bouclés de notre mère, dont j'ai aussi hérité de la peau dorée de métisse franco-béninoise. Ce sont les mystères de la génétique !

De caractère, ensuite. Je suis d'une nature plutôt calme et conciliante, presque effacée, diraient certains. Ma sœur, Ariane, est l'exact opposé de moi : avec son tempérament bien trempé, tout feu tout flamme, elle émet rarement des doutes et avance dans la vie de façon déterminée. Un vrai bulldozer ! Personne ne l'impressionne. Même pas notre père ! Lorsque nous étions petites, il me terrorisait avec son air sévère, revêche : je le comparais à un ogre et je tremblais, tout comme ma mère, à chacune des répliques insolentes d'Ariane qui n'hésitait pas, elle, à le provoquer. Inévitablement, nous finissions, ma mère et moi, par nous faire admonester alors qu'Ariane, elle, avait déjà filé. Je lui en voulais de nous exposer à ses funestes colères et de toujours trouver les moyens de fuir les conséquences de son impertinence !

Ma mère avait essayé par tous les moyens de calmer ce qu'elle appelait les « ardeurs guerrières » de ma sœur. Quand j'avais huit ans et Ariane cinq, elle nous avait inscrites au cours de danse de madame Leguirec, la voisine. Pour moi, ce fut le début d'une grande passion, toujours présente dans ma vie. Ariane détesta, évidemment. Elle s'y ennuyait profondément. Dès la troisième séance, elle poussa la porte du cours d'à côté et tomba en pâmoison : elle éprouva un engouement immédiat pour le taekwondo, un sport qu'elle pratique toujours. Dans la foulée, elle se prit de passion pour les arts martiaux et finit par s'essayer au sabre japonais. Dès lors, elle n'hésita pas à avertir notre père qu'elle en userait contre lui s'il mettait à exécution ses menaces de correction.

À seize ans, ses uniques préoccupations de jeune fille étaient le sport de combat et l'état du monde. Elle avait vu à la cinémathèque *La Crise* de Coline Serreau et avait admiré l'attitude de ces deux enfants de famille bourgeoise qui, par souci pour la planète, avaient décidé de changer leur mode d'alimentation. Elle annonça à notre mère stupéfaite qu'elle refusait désormais d'ingérer toute chair animale, et commença à la questionner en permanence sur l'origine des fruits et légumes qu'elle ramenait du marché afin de provoquer chez elle une prise de conscience écologique.

Si son adolescence fut des plus tumultueuses, mon unique rébellion consista à m'acheter une lampe torche dont j'abusais sous les draps après l'extinction des feux pour lire ma collection de romans à l'eau de rose. Ma puberté précoce attirait sur moi les regards des garçons de mon âge et j'oscillais entre complexes dus à mes rondeurs et envie d'apprendre à séduire. Je suivais les conseils beauté des magazines pour adolescentes que ma mère m'achetait chaque lundi à l'insu de notre père. Ariane les feuilletait avec ironie en se moquant de moi et de mes premiers flirts : elle ne se souciait guère de son allure un peu dégingandée de garçon manqué.

À l'âge adulte, nos vies amoureuses prirent des chemins inattendus. Ariane, après avoir usé quelques prétendants dont les affaires finissaient immanquablement sur le trottoir à la première dispute, fit la connaissance de Pedro lors d'un dîner chez des amis communs. Ils entretiennent depuis quatre ans une relation stable, bien qu'intermittente. De mon côté, j'enchaîne les histoires avec des hommes pour lesquels le terme le plus effrayant de la langue française semble être « engagement ». Je rêve de mari et de bébé, je me fais des films dès les premiers instants de la rencontre, mais le mot « fin » surgit toujours prématurément, parfois avant même que l'idylle n'ait eu le temps de commencer.

J'ai donc toujours été perplexe, et, je l'avoue, un peu jalouse de l'attitude si conciliante de Pedro à l'égard d'Ariane, et de leur drôle d'histoire d'amour qui semble programmée pour durer.

Dès que je la vis pousser la porte du bar, ce matin du 8 août, je compris que quelque chose n'allait pas. Ariane avait la mine défaite, le regard perdu. Son manteau, boutonné de travers, laissait entrevoir un col de chemise chiffonné. Sa queue-de-cheval était un peu trop lâche et il était évident qu'il ne s'agissait pas là d'un savant décoiffé. Je lui fis signe. Elle s'avança vers moi et se laissa tomber lourdement sur la chaise en répandant le contenu de son sac sur un coin de la table. Elle se prit la tête entre les mains, repoussa les mèches qui encadraient son joli visage, et, relevant les yeux, prononça ces quelques mots :

— Je suis enceinte. De six mois. Je reviens de chez la gynéco : elle est formelle. Qu'est-ce que je vais faire, Camille ? Pourquoi moi ? Il y a tant de femmes qui veulent un enfant et qui n'en ont pas. La vie est injuste.

Je restai abasourdie. Ariane, enceinte ? Quelle ironie du sort. Rien ne l'aurait laissé deviner, elle n'avait pas pris un gramme. J'hésitai entre l'envie de la bombarder de questions, la rassurer en jouant mon rôle de grande sœur, ou m'enfermer dans les toilettes du café pour pleurer. La nouvelle de cette grossesse inattendue aurait pu me réjouir si elle ne me faisait pas si mal. Pourquoi elle ? Pourquoi Ariane ? Je trouvais aussi incroyablement injuste que ce soit son ventre à elle qui couve ce bébé, et pas le mien. J'en avais presque le cœur serré de jalousie.

Pour cacher mon mal-être, je débitai un flux de paroles insipides : tout irait bien, elle se débrouillerait comme une chef. Je lus la déception dans son regard. Ariane attendait mieux de moi, sa grande sœur qui l'avait déjà sortie de tant de pétrins. Je lui demandai alors gênée :

— Euh… Tu sais qui est le père ?

— C'est Pedro, me répondit-elle, nullement froissée par ma question saugrenue.

Ah ! Pedro. Espagnol de la pointe de ses cheveux de jais jusqu'à ses chaussures de sport dont il ne se séparait jamais, il était la virilité incarnée ! Les yeux bleus, grand, le corps sculpté par l'activité physique, un sourire incroyable toujours accroché à ses lèvres bien dessinées, un charme fou et, pour couronner le tout, d'une gentillesse rarement prise en défaut. Il n'avait jamais, à ma connaissance, parlé d'enfant avec ma sœur. Ariane bougeait beaucoup. Elle travaillait comme décoratrice d'intérieur freelance la moitié de l'année, et voyageait l'autre moitié. Lui, ancien champion de moto-cross, parcourait le monde pour ses compétitions et courait le reste du temps d'un spot de surf à un spot de voile. Il était fou de sport de plein air. Il avait, cette année, après une ultime victoire, décidé d'interrompre à trente ans sa carrière et s'était vu proposer par son sponsor un poste de relations publiques au sein de sa société. En raison de leurs modes de vie respectifs, Ariane et Pedro ne se voyaient que pendant de courtes périodes qui, cumulées, devaient représenter cinq ou six mois par an. Pendant les compétitions, Pedro était toujours entouré d'une cour d'admiratrices, mais j'étais persuadée que sa personnalité intègre lui imposait d'être fidèle à Ariane. Je n'aurais pu être aussi affirmative concernant ma sœur.

— Il faut que tu le mettes au courant aujourd'hui même, vu le peu de temps qu'il vous reste pour préparer l'arrivée du bébé. Tu sais où il est et comment le joindre ?

— En Bretagne. Parti faire de la voile.

— OK. Au moins, il est dans le pays. Contacte-le tout de suite, Ariane. J'aurai beau t'aider de mon mieux, c'est avec lui que tu dois préparer l'arrivée du bébé.

Les épaules d'Ariane s'affaissèrent. Elle se prit à nouveau la tête entre les mains et se mit à pleurer, doucement d'abord, puis bruyamment. Je commençai à me sentir mal à l'aise. Je n'avais aucune envie d'attirer sur nous l'attention des clients. Certains, au visage navré, feraient semblant de compatir ; les autres nous écouteraient avec avidité, trop heureux d'avoir une histoire à raconter ce soir en famille entre deux infos catastrophes ânonnées par le poste de télé.

Ariane était réellement, complètement, paniquée. Je la pris dans mes bras. Malgré ma jalousie, j'avais l'estomac noué de voir ma petite sœur adorée dans cet état. Depuis ses dix-huit ans, elle avait toujours mené sa vie à sa guise. Dès la fin de ses études en histoire de l'art (qu'elle avait d'ailleurs abandonnées avant l'obtention du diplôme), elle avait assouvi sa vocation de globetrotteuse, parcourant la Terre d'un village à l'autre. Le seul continent qui avait, jusqu'ici, échappé à sa soif inextinguible de découverte était l'Asie et elle s'apprêtait justement à s'y rendre. Ariane ne faisait rien comme tout le monde, et elle avait décidé d'explorer en dernier ce continent qui la passionnait depuis son enfance. L'Asie devait être l'apothéose de ses tribulations de voyageuse. Mais le projet semblait, maintenant, sérieusement compromis.

Comme si elle avait lu dans mes pensées, ma sœur répéta :

— C'est pas juste, c'est pas juste.

— Tu pourras le faire, ton voyage. Simplement, il est reporté.

— À quand ? Quand pourrai-je effectuer un aussi long voyage avec un mioche sous le bras ? répondit-elle en pleurant de plus belle. C'est foutu, foutu…

— Mais non…

J'essayais d'arborer un air convaincu, mais je n'y croyais guère moi-même. Si elle pouvait continuer à voyager avec un enfant, elle devrait peut-être renoncer aux conditions qu'elle préférait : anticiper le moins possible pour laisser place à l'inattendu. Ariane s'était fixé une seule règle durant ses pérégrinations : ne jamais prévoir à l'avance l'endroit où elle dormirait le soir. Chez des amis rencontrés le jour même ? Chez l'habitant qui lui offrirait le gîte et le couvert pour une somme modique ? Ou à l'hôtel, si aucune de ces deux options ne se présentait au cours de la journée ?

Cette pensée me fit sourire. Ariane et moi partagions des avis diamétralement opposés sur ce point. Mon CDI de cadre dans une banque m'offrait la sécurité que je désirais et, quand il m'arrivait de voyager, c'est tout juste si je n'avais pas besoin de connaître la couleur des draps dans lesquels je dormirais le soir même…

Nous en étions là, moi, plongée dans mes pensées, et Ariane, immergée dans sa détresse, lorsque la sonnerie stridente de son téléphone résonna. Ma petite sœur n'y prêta aucune attention et je l'interrogeai du regard pour savoir si je pouvais répondre à sa place. Elle acquiesça. En m'emparant du téléphone, je vis s'afficher à l'écran le visage de Pedro, affublé d'une horrible grimace.

— Allô, Pedro ? C'est Camille !

— Ah, Camille ? Bonjour…

— Tu es où ?

— Euh… Heureux de t'entendre aussi, répliqua-t-il en plaisantant.

— Tu n'as pas répondu à ma question ! Tu es où ?

À mon ton stressé, Pedro comprit que quelque chose n'allait pas. Cette manière brusque et cavalière de m'exprimer ne me ressemblait pas.

— Que se passe-t-il ? Il est arrivé quelque chose à Ariane ?

— Oui et non. Tu pourrais revenir à Paris dans combien de temps ?

— J'y suis, pourquoi ? Bon sang ! Dis-moi ce qui se passe !

— Ah bon ? Tu n'es pas en Bretagne ?

— J'ai loupé mon train hier et il n'y avait plus de places dans les suivants. Je suis encore chez moi, (à Paris).

— OK, ne t'inquiète pas, il n'y a rien de grave. Rendez-vous chez Ariane dans une heure, d'accord ?

— D'accord, mais bien sûr que je suis inquiet. J'arrive !

— Non, je te le répète : rien de grave. À tout à l'heure.

Je raccrochai précipitamment à la vue d'Ariane qui se ruait vers les toilettes, prise d'une nausée subite. Je voulus la suivre, mais le contenu de son sac renversé me freina dans mon élan. Je me rassis, en scrutant l'escalier qu'elle venait d'emprunter. Quelques clients du bar tournèrent vers moi un regard interrogateur et une mamie me demanda :

— Elle va bien ?

— Oui… oui, ça va, la rassurai-je, agacée.

Je fis signe à la serveuse de m'apporter l'addition, réglai la note pour mon thé au citron ainsi que le café d'Ariane, resté intact, et rassemblai les affaires éparses sur la table. Quand elle revint, nous sortîmes sans prononcer un mot. Une légère fraîcheur, rare en ce mois d'août, adoucissait la morsure des rayons du soleil sur nos visages et accompagnait notre marche.

— C'est donc vrai, s'indigna soudain Ariane. Maintenant que le bébé se sait découvert, il va me faire subir tous les tourments d'une grossesse. Quelle poisse !

« J'aimerais bien les vivre, moi, ces tourments », pensai-je, en écho à sa plainte.

3

La première chose que Pedro remarqua en sortant de chez lui fut la Mini Cooper dorée garée en face de son immeuble. La couleur de la voiture, surprenante, attira tout de suite son attention. En se dirigeant vers le métro, il passa devant le magasin de fleurs. Avec sa maigre vitrine qui respirait la tristesse, il avait surnommé la boutique « la désolation ». Sans savoir pour quelle raison je l'avais convoqué, il songea qu'un bouquet pourrait toujours servir. Il s'arrêta donc et entra, en jetant un regard circulaire sur les fades compositions florales disposées çà et là. Chloé, la petite-fille du fleuriste, semblait s'ennuyer à mourir : son visage était aussi terne que les fleurs qui l'entouraient.

— Bonjour, Chloé, aide-moi là, s'il te plaît. Trouve-moi quelque chose. Vite.

— Bonjour, Pedro.

Le visage de Chloé s'était illuminé d'un coup, car elle en pinçait pour Pedro. Elle disparut dans l'arrière-boutique et revint quelques secondes plus tard avec un magnifique bouquet de marguerites et de jonquilles.

— Wow ! Il est splendide ! D'où vient ce bouquet ?

— Aucune idée ! Grand-père l'a apporté tout à l'heure. Je ne connais pas son prix, tu repasseras plus tard pour le payer, d'accord ?

— Tu es sûre que ce n'est pas une commande ou quelque chose comme ça ?

— On s'en fiche, grand-père trouvera une solution si c'est le cas.

— Merci, ma belle, la remercia Pedro, en s'appuyant sur le comptoir pour déposer un baiser sonore sur sa joue.

— De… de rien, rougit de plaisir Chloé, dont les cheveux semblaient soudain briller comme le soleil.

En sortant, Pedro faillit heurter une petite fille qui étrennait son tricycle tout neuf orné de délicieux motifs mimosa. En réponse au regard outré de la mère, il afficha son plus beau sourire pour s'excuser. Celle-ci, succombant à son charme, lui pardonna immédiatement.

Il s'engouffra dans le métro à grandes enjambées. La ligne était directe pour aller chez Ariane mais il y avait tout de même quinze arrêts entre leurs deux stations respectives. Il se demandait ce qui pouvait bien justifier le ton impérieux sur lequel Camille lui avait parlé. Ça concernait Ariane, c'était sûr. Mais que lui était-il arrivé ? Était-elle malade ?

Des éclats de rire le sortirent de ses pensées. Deux jumelles, vêtues d'un ciré et de bottes jaunes en plein été, venaient de s'asseoir en face de lui, tandis que leur père s'installait de l'autre côté de l'allée. Elles le fixèrent sans vergogne un moment, puis l'une des deux se pencha vers sa jumelle et lui murmura quelque chose à l'oreille. Celle-ci éclata de rire en désignant le bouquet de fleurs dans la main de Pedro.

— C'est pour ton amoureuse ? s'enquit-elle.

— Euh… oui…

— C'est la couleur jaune sa préférée ? renchérit alors la seconde jumelle.

Pedro ne s'attendait pas à une telle question.

— Je ne sais pas. Je crois qu'elle n'a pas de couleur favorite.

— Elle s'appelle comment, ton amoureuse ? reprit la première de ses interlocutrices.

Désespéré, Pedro tourna la tête vers le père. Celui-ci lui sourit en levant les mains au ciel, comme pour signifier qu'il était dépassé par la situation.

— Alors ? répéta la fillette. Elle s'appelle comment ton amoureuse ?

— Ariane. Elle s'appelle Ariane…

— Comment…

— Ça suffit, les filles, vous avez assez dérangé le monsieur comme ça, finit par intervenir le père.

D'un même mouvement, les jumelles se retournèrent vers lui en pouffant d'un air entendu : visiblement, son accès d'autorité ne les impressionnait guère.

— Désolé, elles sont toujours comme ça, reprit le père. Elles m'épuisent. Vous avez des enfants ?

— Pas encore.

— Alors, évitez d'avoir des filles ! Surtout celles qui adorent le jaune, ajouta-t-il, dardant un regard faussement sévère sur ses jumelles qui éclatèrent à nouveau de rire.

— Allez, ouste, on descend ! leur lança-t-il alors que le métro ralentissait. Au revoir, monsieur.

Les fillettes, en chœur, l'imitèrent :

— Au revoir, monsieur !

Lorsqu'il sortit du métro, Pedro cligna des yeux sous la lumière du beau soleil d'août. La circulation était fluide, les passants, habituellement pressés, semblaient plus détendus que d'ordinaire. Lui, à l'inverse, après la diversion qu'avait constituée l'interrogatoire des jumelles, sentit l'appréhension le gagner au fur et à mesure qu'il approchait de l'immeuble d'Ariane. Il sonna à l'interphone, et le déclic de l'ouverture de la porte s'opéra immédiatement. Dédaignant l'ascenseur, il grimpa les marches quatre à quatre jusqu'au quatrième étage. Je l'attendais, sur le pas de la porte. Il me fit la bise et demanda aussitôt :

— Que se passe-t-il ? Où est Ariane ?

Je lui fis signe de me suivre jusqu'à sa chambre. Allongée sur le ventre, Ariane ne bougea pas lorsqu'il s'avança vers elle. Il s'assit et posa sa belle main sur son épaule, mais elle refusa de croiser son regard et tourna ostensiblement son visage de l'autre côté. Pedro me regarda, inquiet.

— Tu lui dis ou je le fais ? demandai-je à Ariane.

Ariane se taisait toujours.

Je saisis alors les deux mains de Pedro :

— Félicitations, mon cher beau-frère, tu vas être papa.

— Quoi ?

— Dans trois mois…

— Quoi ?

— Bon, je te le répète doucement cette fois-ci, afin que les mots pénètrent bien ton cerveau : tu-vas-être-pa-pa-dans-trois-mois.

— Ariane est enceinte ?

— Euh… Oui, je ne parle pas de moi, là !

— Mais… comment ? Depuis quand ? Quoi ? Tu as dit trois mois ?

— Pour le « comment », je crois que tu en as une vague idée. Quant au « depuis quand », eh bien, depuis six mois…

— Mais pourquoi ne m'a-t-elle rien dit ?

— Je disais donc depuis six mois, mais Ariane ne l'a appris qu'aujourd'hui.

Le regard de Pedro se fixa sur le ventre d'Ariane. Celle-ci, les joues emplies de larmes, finit alors par soulever son léger pull pour présenter à nos yeux médusés son abdomen mince, absolument et parfaitement plat. Pedro passa doucement sa main sur son absence de renflement et eut un flash : sur l'écran de son cerveau vinrent se projeter toutes les images qui avaient marqué sa rétine depuis la sortie de son immeuble. Dans ce kaléidoscope imaginaire s'entremêlaient une Mini Cooper dorée, les cheveux blonds ensoleillés de Chloé, les motifs mimosa du tricycle, deux fillettes facétieuses en ciré et bottes jaunes… Il offrit à Ariane ce bouquet hétéroclite d'images avec toute la tendresse dont il était capable et murmura :

— Amarilla, *mi amor*.

Pendant qu'il posait ses lèvres sur son ventre, Ariane, éberluée, le questionna :

— Amarilla ?

4

Au cours des deux mois qui suivirent, nous éprouvâmes la gamme complète des sentiments humains. Sauf Ariane qui se concentra sur un seul registre, qu'elle maîtrisait à la perfection : la colère. Tout l'énervait, l'exaspérait, la faisait sortir de ses gonds. Elle houspillait Pedro qui avait le tort d'exprimer trop ouvertement sa fibre paternelle. Si leur cohabitation future ne la réjouissait pas particulièrement, elle le voulait tout de même à plein temps pour s'occuper du bébé. Elle m'invectivait dès que mon regard s'attardait un peu trop sur son ventre, qui grossissait à vue d'œil. Agacée par nos marques d'affection, ma sœur ponctuait chacune de ses phrases par un « Arrêtez de me gonfler ! ». Les sœurs et la mère de Pedro qui, à l'annonce de la nouvelle, étaient venues d'Espagne pour aider aux préparatifs n'échappaient pas à sa mauvaise humeur mais la mettaient sur le compte des hormones et du court délai entre la révélation de la grossesse et la date prévue pour l'accouchement.

De toute évidence, Ariane n'acceptait pas cette grossesse inattendue. Elle semblait refuser de se projeter dans cette nouvelle vie, même si son ventre prenait, jour après jour, une ampleur impressionnante. Elle abusait de ses forces et courait partout. Je la soupçonnais parfois d'espérer une fausse couche qui l'aurait débarrassée du « fardeau ». Dans ces moments-là, je me sentais furieuse envers elle. Mon sentiment premier de jalousie avait laissé place à une montagne de tendresse et d'affection pour ce bébé à venir. Je me projetais déjà dans mon rôle de tante. Cet enfant, j'avais hâte de faire sa connaissance, je le voulais. Je le désirais tant que je surveillais l'alimentation de ma sœur, afin que mon neveu hérite du meilleur capital santé. Mon comportement agaçait prodigieusement ma sœur qui disait que je n'étais ni sa mère ni celle du bébé.

Ariane, elle, se montrait imperméable à toute émotion. J'étais bien placée pour savoir qu'elle avait dû, par le passé, s'entourer le cœur d'une carapace pour ne pas souffrir. Souvent, et c'était l'un de nos sujets de dispute depuis deux mois, elle cherchait à me convaincre que sa présence dans la vie de cet enfant ne serait peut-être pas nécessaire, après tout. Elle s'était persuadée que Pedro, avec l'aide de sa mère et de l'une de ses sœurs, pourrait parfaitement « gérer le problème » comme elle disait, c'est-à-dire s'occuper de l'enfant. Je lui affirmais qu'elle se faisait des illusions. Qu'en aucun cas elle ne pourrait se décharger de cette responsabilité, que l'éducation d'un enfant était en jeu. Têtue, butée, elle n'en démordait pas et me reprochait alors de vivre sa grossesse par procuration. J'avais à plusieurs reprises tenté d'aborder avec elle LE sujet qui, selon moi, était à la racine de son attitude. D'un regard glacial, elle m'avait freinée net. Je ne fis pas d'autres essais.

Ces deux mois frénétiques me permirent, en revanche, d'apprécier à sa juste valeur mon beau-frère. Petit dernier d'une fratrie de trois filles, il était le garçon que son père avait craint de ne jamais avoir, le benjamin adoré par ses sœurs, et le fils choyé par sa maman qui, en bonne mère espagnole, trouvait qu'il était le plus beau, le plus intelligent, le plus malin, le plus tout, des fils. Il avait grandi ainsi, entouré, nourri de tout cet amour, comme une jeune pousse, arrosée d'attention mais aussi de respect, de volonté et de bienveillance. Et Pedro était devenu cet homme ouvert, chaleureux, heureux de vivre, sûr de lui et dépourvu de toute arrogance.

Son engagement dans la grossesse d'Ariane était total, viscéral. Il s'impliquait jusque dans les moindres détails. Il l'accompagnait à toutes les visites médicales et la forçait à suivre les cours de préparation à l'accouchement. Il pensait déjà à sécuriser la maison pour le bébé et à acheter une voiture pourvue d'un siège bébé, lui qui n'avait, jusque-là, roulé qu'en moto. Il était évident que Pedro aimait profondément Ariane, mais qu'il avait feint une certaine désinvolture pour ne pas faire fuir sa belle, éprise de liberté. Autant de preuves de sa maturité émotionnelle qui m'amenaient à réaliser en comparaison à quel point mes choix en matière d'homme avaient toujours été désastreux.

La colère d'Ariane trouva finalement deux sujets sur lesquels se cristalliser : la préparation de la valise pour l'hôpital et l'aménagement de la future chambre du bébé. Celui-ci, s'il avait accepté de se déployer et d'occuper tout l'espace offert dans le ventre de sa mère, n'avait pas voulu, même une fois découvert, dévoiler son intimité. Lors de l'échographie suivante, réalisée pour s'assurer du bon déroulement de cette grossesse apprise tardivement, il s'était révélé très difficile de connaître avec certitude son sexe. Nul n'en fut étonné : un bébé qui s'était caché durant six longs mois n'allait pas devenir, du jour au lendemain, des plus bavards ! Quand, finalement, la gynéco obtint la réponse, Ariane refusa de savoir. Pedro, lui, croyait dur comme fer qu'une petite Amarilla se nichait là. Un point, c'est tout. Sa certitude tranquille avait fini par toutes nous contaminer, sauf Ariane qui, par principe, s'opposait à Pedro et se disait persuadée que ce serait un garçon.

On peignit la chambre du bébé moitié en bleu, moitié en jaune. Les meubles, eux, étaient tous jaunes. Pedro avait pris Ariane de vitesse et les avait achetés avant même qu'elle y eût pensé. La pièce résonnait de gaieté avec sa commode couleur safran, sa penderie décorée de fruits ensoleillés, sa table à langer revêtue de motifs smileys… Dans l'armoire, les brassières jaune moutarde se mélangeaient aux gigoteuses et turbulettes jaune pop ou aux chaussons jaune poussin, que nous achetions en quantité astronomique avec la maman de Pedro et sa sœur. De temps en temps, lorsque Ariane me foudroyait du regard en plein shopping, je prenais deux exemplaires d'une brassière : l'une bleue, l'autre jaune. La seule couleur qu'il ne venait à l'idée de personne d'acheter était… le rose.

La valise prévue pour le séjour à la maternité était donc bicolore. À droite, les teintes bleu pastel, bleu nuit, bleu roi, bleu turquoise ; à gauche, le jaune s'imposait vif, lumineux, joyeux, chaleureux. Les vêtements étaient séparés par deux doudous : un lapin jaune et un ourson bleu. Seules manquaient à l'appel les tétines puisque Pedro affirmait que sa fille n'en aurait pas besoin.

Si le prénom « Amarilla » avait fait l'unanimité, les paris allaient bon train en ce qui concernait son apparence. À qui ressemblerait-elle ? Pedro une fois encore, affirmait que sa fille serait son portrait craché : une jolie brune aux yeux bleus et à la peau foncée.

Nous serions tous bientôt fixés. Plus tôt que prévu.

5

C'était un 8 octobre. Affolée, j'avais laissé un message à Pedro ce matin-là pour lui annoncer qu'Ariane ne se sentait pas bien du tout et qu'il devait se hâter pour nous retrouver à l'hôpital. À son réveil, elle avait ressenti des douleurs atroces au bas-ventre. Elle m'avait appelée au secours, car Pedro ne répondait pas à ses messages.

En arrivant chez elle, je contactai le SAMU, qui débarqua immédiatement. De toute évidence, quelque chose ne tournait pas rond : les médecins évoquèrent un accouchement prématuré et décidèrent très vite de l'emmener à l'hôpital. Pendant qu'ils l'embarquaient, l'un d'eux me demanda de prendre avec moi la valise pour la maternité.

— Mais… l'accouchement n'est prévu que dans un mois !

— Apparemment, le bébé a décidé d'arriver plus tôt. Nous conduisons votre sœur immédiatement à l'hôpital. Ils sont prévenus.

« Accouchement prématuré » : ces deux mots tournaient en boucle dans ma tête, ils me comprimaient la poitrine et me coupaient le souffle et mes cours de yoga, à ce moment précis, ne me servaient à rien. Tout mon corps n'était que peur et angoisse. Ce bébé avait choisi le ventre d'Ariane pour venir au monde, mais je m'y étais déjà attachée. J'avais veillé sur Ariane et lui depuis l'annonce de son arrivée. J'étais inquiète pour leurs vies.

Je récupérai la valise, attrapai le sac d'Ariane et me précipitai dehors. Dans la rue, une contractuelle était en train de rédiger une amende devant ma voiture. Je n'avais ni le temps ni l'envie de m'expliquer ou de la supplier. Je lui arrachai la contravention des mains, me glissai prestement derrière le volant et démarrai en trombe sous son regard éberlué. Pas le temps. « C'est fou ce que l'on peut parfois s'énerver pour de petits riens sans importance », fut la seule pensée qui parvint à me distraire de mes angoisses. Pendant que je conduisais, des émotions contradictoires se mêlaient en moi : la joie d'être bientôt tata et l'inquiétude que l'accouchement se déroule mal pour ma sœur, le bébé, ou pour les deux.

Pedro consulta son répondeur à ce moment-là : il avait passé une matinée marathon avec l'équipe de son sponsor principal et découvrit huit messages affolés d'Ariane et le mien qui lui donnait rendez-vous à l'hôpital. Dès qu'il eut compris la situation, il saisit son blouson, et dévala les escaliers encore plus rapidement que d'habitude pour enfourcher sa moto. Si la circulation était dégagée, il pourrait être à l'hôpital en trente minutes. Il n'avait qu'Ariane et Amarilla en tête. « Pourvu qu'il ne leur arrive rien de grave », ne cessait-il de penser. « Non, il ne peut rien leur arriver ! » Amarilla n'en était pas à une facétie près : si elle avait décidé de venir plus tôt au monde, eh bien, ils l'accueilleraient avec joie.

Tous les feux passent au vert, tous les feux passent au vert… répétait-il à voix haute, comme une litanie, en roulant. Et, effectivement, tous les feux passaient au vert pendant qu'il était perdu dans ses pensées. Les enfants. Il avait toujours su qu'il en voudrait, mais ne s'était jamais posé la question du moment. Cette petite qui s'annonçait allait bouleverser sa vie de bien des manières, il le pressentait. Tout comme il avait la certitude que ce changement serait pour le mieux. Pourquoi, alors, sentait-il cette boule au creux de son ventre ? Allez, les dieux sont avec moi, tentait-il de se persuader pour chasser l'appréhension.

Il accéléra, pressé de rejoindre Ariane. Au dernier feu, il aperçut l'entrée de l'hôpital, à cinquante mètres sur sa droite. Les voitures, serrées les unes contre les autres, ne laissaient aucune possibilité de se garer. Pas même à une moto. Il jeta un regard circulaire et trouva une place sur le trottoir opposé, pile en face de l'entrée. Il s'y gara rapidement et, le casque sous le bras, traversa, en fredonnant :

— Elles vont bien. Ariane et Amarilla vont bien.

Ironie du sort : la providence venait de m'offrir la plus belle des places, juste à côté de celles réservées aux personnes handicapées. Et c'est là, debout, aux premières loges, que j'assistai, impuissante, à l'accident.

Je me suis toujours demandé si les choses se seraient passées différemment si je n'avais eu ce ton affolé au téléphone. Aurait-il été plus prudent ? Concentré sur les autres au point de s'oublier lui-même, il ne comprit pas ce qui lui arriva. Son torse heurta le guidon de la moto, il fut projeté dans les airs, se vit voler au ralenti et retomba brutalement quelques mètres plus loin. Il entendit un coup de klaxon strident, un hurlement qui lui sembla familier et eut la bonne idée de perdre connaissance avant que son corps ne touche la chaussée brûlante. La dernière chose qu'il aperçut fut le soleil, lumineux, éclatant, jaune, si jaune.

6

Ariane, exaspérée, secouée de douleurs, pestait contre le monde entier : contre ce bébé qui se pointait un mois en avance après s'être caché pendant six mois, contre moi, qui mettais trop de temps à arriver, contre Pedro, qui ne se présentait pas à l'heure le jour de la réception du colis… Où était donc passé ce vocaliste de comptines qui n'avait eu de cesse ces derniers mois de lui assurer qu'il allait se libérer de ses engagements pour s'occuper du bébé ? Ce bébé, qui prétendait par ses subterfuges la contraindre à une vie domestique, se fourvoyait. Dès qu'il serait là, elle le refilerait vite fait bien fait à son père avec l'eau du bain, les langes, les biberons et tout ce qui s'ensuivait. Pedro voulait pouponner, ça tombait bien : elle n'avait absolument pas l'intention d'intégrer les changes de couche-culotte à sa routine quotidienne. Pedro allait l'entendre, ça, c'est sûr !

— Ahhhhhh ! hurla-t-elle alors qu'une contraction plus violente que les autres lui déchirait le ventre. Mais où sont-ils, bon sang ?

— De qui parlez-vous ? lui demanda la sage-femme qui venait d'entrer dans la pièce.

Elle avait déjà rangé Ariane dans la catégorie des « emmerdeuses » et ne se formalisait pas plus que ça de ses réactions intempestives.

— De ma sœur et du père de l'enfant ! Vous ne les empêchez pas de me voir, j'espère ?

— Ne vous inquiétez pas, ils sont sûrement en route. Ils ne devraient pas tarder.

— Ils ont intérêt, oui ! Deux mois qu'ils minaudent sur le bonheur d'avoir une petite fille et ils me plantent. Bon sang ! Qu'est-ce que je vais faire s'ils n'arrivent pas à temps ?

— Vous aurez votre bébé. Et tout se passera très bien.

— Mais c'est pas vrai ! Vous n'avez que ça à la bouche, tous ? Tout se passera bien ! Et gnan gnan gnan et gnan gnan gnan ! On vous enseigne un module spécial sur l'art d'ânonner cette phrase ou quoi ?

— C'est bien, madame, continuez. Au moins, quand vous vous énervez, vous hurlez moins.

— Comment osez-vous ?

La sage-femme se contenta de lui jeter un regard ironique, de vérifier le monitoring une dernière fois, et de sortir de la chambre en refermant doucement la porte derrière elle. Ariane, furieuse, s'assit dans son lit et chercha un objet sur lequel se défouler. Elle aperçut, près d'elle, un gobelet vide qui avait eu la mauvaise idée d'être jaune, et voulut le balancer contre le mur d'en face. L'effet ne fut pas celui escompté. Il atterrit au pied du lit.

Fulminant de colère, elle se laissa retomber sur son oreiller juste à temps pour qu'une lancinante et impitoyable contraction la fasse à nouveau hurler de douleur. Elle y mit toute l'expression de sa frustration, et la rage qu'elle éprouvait en cet instant précis. Contre cette sage-femme et les deux lâcheurs que nous étions, Pedro et moi.

Une heure après, alors qu'elle était épuisée, sans force et écœurée par la vie, entra dans sa chambre la délégation chargée de la faire changer de statut : l'obstétricienne, la sage-femme et une autre personne, probablement une stagiaire.

— Il est temps de faire venir au monde votre bébé, madame ! dit l'obstétricienne en souriant. Vous êtes impatiente à ce que l'on m'a dit !

— Pas vraiment, non ! grommela Ariane. Mais on ne peut pas, pas maintenant ! Il faut attendre que ma sœur et Pedro arrivent, reprit-elle, paniquée.

— Croyez-moi, madame, quand un bébé est prêt à naître, on n'a pas le choix ! Ne vous inquiétez pas, tout ira bien.

Ariane sentit alors ses entrailles se déchirer et sut que le moment tant redouté était arrivé. Le visage tordu par la douleur, elle eut droit aux séquences de poussée, d'inspiration, d'expiration, jusqu'à la délivrance finale, qui la vida et la laissa éreintée. Elle vit la sage-femme approcher d'elle une petite masse sanguinolente, reliée à son cordon ombilical.

Quand celle-ci posa le bébé sur sa poitrine, les quatre visages se figèrent. Ariane perçut le changement d'atmosphère dans la pièce. L'obstétricienne lui caressa les cheveux en lui demandant tout doucement, trop doucement :

— Comment s'appelle-t-elle, cette jolie petite fille ?

— Amarilla… lâcha Ariane, semi-consciente.

La sage-femme coupa le cordon, prit la serviette que lui tendait la stagiaire, et murmura aux oreilles du bébé une phrase qui n'échappa pas à l'attention d'Ariane :

— Tout va bien aller, ma petite.

Il était 11 h 08.

7

À midi trente, j'entrai dans la chambre d'Ariane. Il y régnait un silence absolu. Elle se tenait allongée, les bras de part et d'autre du corps, le regard fixé au plafond. Totalement immobile, sans même un battement de cils. Je restai saisie, incapable de bouger, le ventre noué d'angoisse. J'avais l'impression que le moindre de mes mouvements allait déclencher une avalanche de mauvaises nouvelles. M'avait-elle vue, au moins ? Comme si elle avait entendu ma question, Ariane tourna enfin son regard vers moi. Un regard si vide. Mon cœur s'emballa : non, non, non, je ne voulais pas écouter ça ! Je portai la main à ma bouche et reculai d'un pas, pour m'enfuir, m'éloigner de ce regard qui semblait vouloir m'informer de l'inéluctable, de l'inenvisageable. C'est alors que la porte s'ouvrit, m'obligeant à faire deux pas de côté. Une grande et très belle femme, d'une trentaine d'années, à la peau ébène, dont le badge annonçait qu'elle était pédiatre, me tendit la main :

— Bonjour ! Je suis le docteur Doh. Vous êtes de la famille ?

— Oui ! Je suis sa sœur.

— C'est mieux si vous êtes là. Votre sœur aura besoin de votre soutien. Le papa est-il là également ?

Mes yeux s'agrandirent d'effroi et je secouai la tête pour signifier silencieusement que non. Elle dut comprendre instinctivement qu'il ne fallait pas insister et s'avança vers le lit.

— Votre petite fille va bien, madame Leroux. On lui a fait sa toilette. Elle bénéficiera des meilleurs soins. On procède aux tests indispensables, puis elle sera mise sous couveuse. Même si son poids est plutôt correct, c'est quand même un bébé prématuré. Reposez-vous et…

— Le bébé va bien alors ? demandai-je, mon cerveau ne parvenant pas à connecter entre elles toutes ces informations contradictoires.

— Oui. Elle va bien, reprit la pédiatre d'un ton rassurant. Je suis toutefois venue m'entretenir avec vous des forts soupçons de trisomie du bébé et des précautions qui l'accompagnent. Des tests sont en cours.

Je l'interrompis aussitôt.

— Le… bébé… est… trisomique ? Vous êtes sûre de ne pas vous tromper ? Mais… comment est-ce possible ? Je ne comprends pas. La grossesse d'Ariane avait été détectée tardivement, soit. Mais, ensuite, elle a été prise en charge normalement. Je ne m'y connais pas, mais ça… ça ne se voit pas à l'échographie ou dans les examens sanguins, cette… cette… ?

Je ne trouvais pas les mots pour m'exprimer. Consciente du choc que nous subissions et dont elle était l'intermédiaire, la pédiatre prit un instant avant de me répondre :

— Généralement, oui, mais pas toujours, malheureusement. D'autant que, la grossesse ayant été détectée tardivement, on n'a pu effectuer le tri-test qui aurait permis d'évaluer le risque d'une anomalie chromosomique, en particulier, la trisomie 21.

Ariane, sans piper mot, nous tourna le dos, exprimant clairement son refus d'en entendre davantage. La pédiatre l'observa quelques secondes puis reprit :

— D'accord, madame, je comprends. Ça fait beaucoup d'un coup. Je reviendrai plus tard vers vous, et je répondrai à toutes vos questions. Ainsi qu'aux vôtres, ajouta-t-elle en me regardant.

Puis, plus doucement, elle me souffla à l'oreille pendant que je la raccompagnais à la porte :

— Si vous pouviez rester avec votre sœur. Elle a besoin de vous. Y a-t-il d'autres parents qui peuvent l'aider ?

« Oh non ! pensai-je. Comment vais-je pouvoir gérer ça ? »

— Oui, oui, bien sûr, répondis-je en fermant la porte derrière elle.

Le ciel était tombé sur la tête de ma petite sœur chérie. Et ce n'était que le début. Je m'approchai d'elle et l'entourai de mes bras.

— Je suis là, je ne te laisserai pas tomber. Je te promets que je ferai tout ce qui est en mon pouvoir pour t'aider au mieux. Tu m'entends ? Je te le promets.

Ariane ne bougeait toujours pas. Elle restait là, figée, totalement inerte.

— Ariane, Ariane, dis quelque chose. Tu vas bien ? Non, bien sûr, suis-je bête, ça ne peut pas aller… Mais, Ariane, j'ai eu tellement peur quand je suis entrée dans la chambre et que je t'ai aperçue ! J'ai cru que…

Je me mis à pleurer.

— Elle est vivante, Ariane ! Elle est vivante ! Pour le reste, on s'en sortira, tu verras. Comme toujours. Ce sera la plus aimée, la plus joyeuse des enfants, on va y arriver, on va apprendre.

En tenant ces propos optimistes, je ne cherchais pas uniquement à me rassurer ou à consoler ma sœur. J'étais réellement soulagée de les savoir vivantes, toutes deux. La mère et la fille. Ma sœur et ma nièce. L'annonce de la trisomie 21 ne s'était pas encore frayé un chemin jusqu'à ma conscience.

Ariane leva vers moi son beau regard triste, sans rien dire. J'étais partagée entre l'envie de la voir sortir de son état de prostration et le désir, plus égoïste, que son asthénie se prolonge, car son terme, à coup sûr, serait suivi d'une question à laquelle je ne voulais pas avoir à répondre.

Une demi-heure plus tard, alors que je la croyais endormie et que je m'apprêtais à quitter la chambre sur la pointe des pieds, je l'entendis très distinctement me demander :

— Où est Pedro ?

J'hésitai un quart de seconde, et choisis la fuite. Je sortis, sans me retourner, en espérant qu'elle ne s'était rendu compte de rien. J'allais très vite réaliser mon erreur. Je le savais, pourtant : reporter à plus tard l'annonce de la vérité ne sert qu'à prolonger les angoisses.

Dans le couloir, je m'écroulai. La tête entre les mains, des pensées, plus terribles les unes que les autres, m'assaillaient. Pedro, Ariane, Amarilla… À qui devais-je donner la priorité ? J'essayai de discipliner mon esprit en procédant par élimination. Je venais de quitter ma sœur qui, bien que ressemblant à un zombie, était, assurément, en vie. La petite Amarilla, bout de chou de 2,6 kilos, était, selon les médecins, plutôt bien portante.

Il n'en allait pas de même pour Pedro.

En retournant aux urgences où j'avais laissé mon beau-frère une heure plus tôt, je songeai que je ferais bien d'apprendre rapidement à me repérer dans le dédale de l'hôpital, s'il me fallait dans les prochains jours jongler entre le service de la maternité, celui du néonatal et les urgences qui avaient accueilli Pedro.

Une fois là-bas, j'eus bien du mal à me faire accepter. L'infirmière à qui je m'adressai n'était pas la même que celle qui m'avait vue arriver avec Pedro et les ambulanciers. Aussi aimable qu'une porte de prison, cette cerbère restait totalement sourde à ma détresse et ne voulait rien entendre car je n'étais pas un membre de la famille. Mon Dieu ! La famille de Pedro, à Barcelone ! Je devais les prévenir. Cette femme venait de me rappeler à la réalité.

— TOUTE sa famille vit à Barcelone ! Ma sœur, qui est sa compagne, est son seul lien en France… avec moi, bien sûr.

— Alors votre sœur n'a qu'à venir.

— Elle vient d'accoucher d'un bébé trisomique, vous pouvez l'appeler si vous voulez. Elle se trouve dans la chambre 146.

Subitement, le hall, qui bourdonnait de vie quelques secondes plus tôt, se fit silencieux. Tous les regards étaient dardés sur moi, et la réceptionniste, soudain radoucie, s'éclipsa en me demandant de l'attendre. Je baissai la tête vers mes chaussures, surprise par son changement d'attitude. Je commençai doucement à comprendre ce qu'impliquait le mot « trisomie », les regards de peur ou de commisération à venir, et les bouleversements que cette enfant ne manquerait pas de produire dans nos vies à tous.

8

« C'est l'homme de ma vie. » Voilà ce à quoi j'ai pensé dès que j'ai aperçu le beau médecin au bout du couloir. J'oubliai instantanément la raison de ma présence dans la salle. Ma sœur, Amarilla, Pedro, tous disparurent d'un seul coup de mes réflexions. Mon corps et mon esprit s'emplirent de la vision de cet homme qui, par chance, se dirigeait droit vers moi. Le coup de foudre, je le vivais en direct live et, bonheur suprême, j'en étais l'héroïne plus que consentante. Le médecin s'arrêta devant moi et prononça des mots qui n'atteignirent jamais le centre de mon cerveau tant j'étais absorbée dans sa contemplation. L'homme de ma vie me pria de l'accompagner dans une petite pièce où il me fit asseoir. Il était flanqué d'une interne, minaudant, qui n'avait guère de place dans mon scénario. Il semblait attendre une réaction de ma part tandis que j'observais son magnifique visage. Je sortis de transe d'un coup :

— Pardon… Vous disiez ?

— Armand Legendre, c'est moi qui suis en charge de monsieur Alvarez Pedro.

— Ah ! Enchantée. Camille Leroux, je suis sa belle-sœur.

— Je suis désolé, mais la situation de monsieur Alvarez est assez préoccupante. Nous avons diagnostiqué un traumatisme crânien. Il est plongé dans le coma, et les prochains jours seront déterminants dans l'évolution de son état. Pour le moment, nous ne pouvons vous en dire plus, sinon que le pronostic vital est engagé. Je suis désolé, vraiment…

— Il ne va pas…

— Je ne peux vous en dire davantage à l'heure actuelle, madame, sinon que nous en saurons plus, normalement, dans quelques jours.

— Oh, mon Dieu !

Je manquai de tomber de ma chaise. Mais l'amour de ma vie me rattrapa et demanda à sa jeune interne d'aller me chercher un verre d'eau.

— Ça ira ? Êtes-vous accompagnée de quelqu'un qui peut vous ramener chez vous ?

— Non, mais… merci, ça ira. Je dois retourner à la maternité rassurer ma sœur.

— Votre sœur est dans cet hôpital ?

— Oui… Elle vient de mettre au monde la fille de Pedro.

Le médecin et l'interne se regardèrent, puis :

— Vous pouvez rester un instant dans cette pièce, avant de repartir, conclurent-ils gentiment.

— Oui… merci. Je peux le voir, docteur ?

— Non. Désolé. Son état ne le permet pas encore. Les visites sont interdites pour le moment.

Il me toucha l'épaule pour me réconforter et disparut de mon champ de vision.

Respire, Camille, respire ! J'essayai de pratiquer les respirations conscientes apprises au cours de yoga. Inspirer : 1… 2… 3… 4… Retenir ma respiration, puis expirer. 1… 2… 3… 4… Pedro non, il ne peut pas mourir ! 1… 2… 3… 4… Ariane ? Que va devenir Ariane ? 1… 2… 3… 4… Amarilla, le bébé tant attendu par Pedro… 1… 2… 3… 4… et qu'il ne connaîtra peut-être jamais… 1… 2… 3… 4… Non, pas possible, ça ne peut pas se passer comme ça ! 1… 2… 3… 4… Je suis amoureuse, définitivement amoureuse… 1… Mais qu'est-ce qui cloche chez moi, hein ? Comment je peux penser à ça dans de telles circonstances ?

Je renonçai à mes respirations conscientes et me dirigeai vers l'ascenseur. J'hésitai à nouveau : qui aller voir à présent ? Ariane ou Amarilla ? J'étais curieuse de rencontrer enfin ma nièce, et si, en plus, je pouvais retarder le moment d'affronter le regard de ma sœur, ce serait encore mieux !

Alors que j'approchais de la maternité, je croisai une jolie jeune femme aperçue plus tôt dans le couloir. Je me présentai à elle et, tout de suite, elle me répondit :

— Ah ! Vous voulez rencontrer la petite Amarilla ? Venez, je vais vous y conduire, vous verrez, elle est adorable !

Avec un grand sourire, elle me précéda. La gentillesse de cette jolie métisse venait de faire grimper la cote du personnel de tout l'hôpital !

Pour la deuxième fois ce jour-là, je tombai amoureuse. Amarilla, minuscule et la peau un peu jaunâtre dans sa couveuse, était la plus jolie petite fille qu'il m'avait été donné de voir. Sur le dos, les genoux repliés, les bras autour de sa tête, le visage tourné vers moi, elle semblait dormir. Soudain, elle ouvrit ses yeux et me fixa de ses magnifiques prunelles bleues, s'emparant de mon âme, comme l'avait fait le chirurgien Armand, un instant plus tôt. Je repensai à cette formule galvaudée selon laquelle l'amour, loin de diviser le cœur, a plutôt la faculté de le dilater, d'y démultiplier l'espace pour y faire entrer le plus de monde possible.

— Bonjour, Amarilla ! Quelle force de la nature tu dois être pour arriver dans de telles circonstances !

Amarilla cligna des yeux comme pour acquiescer.

— Oui, n'est-ce pas, ma chérie ? Tu es arrivée armée de tout le bagage nécessaire à une belle vie, hein ? Et je ne doute pas une seconde que tu y parviendras !

Encore un clignement des yeux…

— Alors, ma chérie, j'ai besoin de toi. Nous avons tous besoin de toi. Comme c'est toi la plus forte, aide-nous. Aide ton papa qui t'attendait avec tellement d'impatience ! Et aide ta maman, je ne sais pas comment, mais je suis sûre que tu connais le secret de son rétablissement. Moi, je ferai de mon mieux avec toi, ma belle chérie. Je te le promets. Je serai la meilleure des tatas.

Amarilla ferma ses jolies pupilles bleues et, quand elle les rouvrit, il me sembla y découvrir un coffre aux mille trésors. Je restai encore un moment avec elle, fascinée par ce mélange de force et de vulnérabilité, et puisai dans son regard le courage dont j'avais besoin.

Trente minutes plus tard, je pénétrai dans la chambre d'Ariane, précédée par la pédiatre et l'obstétricienne. La question, posée froidement, nous cueillit dès l'entrée.

— Où est Pedro ?

— Comment allez-vous, madame Leroux ? demanda l'obstétricienne.

— Où est Pedro ? réitéra ma sœur, en me fixant cette fois-ci droit dans les yeux.

Je m'assis sur le lit à ses côtés et lui pris la main en jetant un regard suppliant à la pédiatre.

— Madame Leroux, il va falloir être forte, tenta celle-ci. Votre petite fille vous y aidera. Elle va bien, et vous pourrez la voir dès que vous pourrez vous lever…

Je la coupai :

— Ariane, mon Ariane. J'ai vu Amarilla. Elle est magnifique. Et tellement forte ! Tu la verrais… Pedro… Pedro a eu un accident. Il s'est fait renverser par une moto, ajoutai-je très vite. Il se précipitait pour être là pour l'accouchement… Ça s'est passé juste devant l'hôpital.

Les yeux d'Ariane s'agrandirent d'effroi. Elle me repoussa, se couvrit le visage des deux mains et se mit à pleurer bruyamment, expulsant la tension et l'angoisse accumulées dans son corps depuis le début de cette funeste journée. Du moins, c'est ce qu'il me semblait et ce que j'espérais. Sa manifestation de détresse, aussi intense fût-elle, était préférable à l'inertie qui l'avait précédée. Au moins la vie s'exprimait-elle, même si c'était dans ce qu'elle avait de plus douloureux.

— Madame Leroux, reprit la pédiatre, je sais que ce n'est pas facile, mais gardez espoir. Tout n'est peut-être pas perdu. Il peut encore s'en sortir…

Ariane interrompit ses pleurs. Elle s'enquit, en hésitant :

— Il… il n'est pas… mort ?

Je réalisai à cet instant seulement que mes propos avaient pu prêter à confusion.

— Non, non, dis-je, trop heureuse de pouvoir m'accrocher moi-même à cette perche d'espoir. Non, il est hospitalisé ici même, dans cet hôpital.

Je ne lui fournis aucune information supplémentaire sur son état, et ne parlai pas de son coma. Grâce à ce petit mensonge par omission, le regard d'Ariane était à nouveau illuminé par l'espoir. Je n'allais certainement pas prendre le risque de la renvoyer à son état antérieur. L'obstétricienne comprit aussitôt et compléta mes propos :

— On ne peut lui rendre visite pour le moment. Et, de toute façon, je ne vous y autoriserais pas. Vous êtes ma principale préoccupation actuellement, et il devrait en être de même pour vous. À quoi serviriez-vous à ces deux êtres chers que sont votre fille et votre compagnon si vous n'êtes pas en forme ?

Allez, reprenez-vous, pensez à vous. Nous savons que ce n'est pas facile, mais nous vous y aiderons de notre mieux, ainsi que votre sœur.

Elle m'adressa un dernier regard d'encouragement et sortit de la pièce. Une aide-soignante, à laquelle aucune de nous n'avait encore prêté attention, mais qui avait apparemment suivi toute la scène, s'approcha alors d'Ariane :

— Vous êtes très chanceuse, vous savez : Dieu vous a réunis tous les trois, vous, votre bébé et son père dans cet hôpital. Vous n'êtes qu'à quelques mètres les uns des autres alors que vous auriez pu vous trouver dans trois hôpitaux différents !

Au moment de sortir, elle ajouta cette phrase qui nous laissa médusées :

— Madame, j'ai vu votre fille : elle est rayonnante. Il émane d'elle quelque chose de très beau. Vous verrez, elle va vous étonner !

9

Les paroles de l'aide-soignante m'avaient plongée dans un flot de pensées. Dans les moments difficiles, nous avons tendance à nous demander : *pourquoi ? Pourquoi moi ? Pourquoi maintenant ?* Ces multiples « pourquoi » nous ramènent toujours à notre situation de victime. Pour une fois, je décidai de me poser la question sous une autre perspective : *pour quoi* ces événements intervenaient-ils dans notre famille ? Qu'avaient-ils à nous révéler ? Scindé en deux, le mot semblait ouvrir sur une autre réalité.

Je patientais depuis une heure assise sur un banc dans le couloir du service des traumatisés. Je voulais revoir Armand. Absolument. J'avais le plus parfait des alibis. Le sort de Pedro me préoccupait… et j'étais amoureuse. Totalement. Je sursautais chaque fois que j'apercevais une blouse blanche… ou verte. Je devais le revoir, c'était impératif ! Je n'avais pas éprouvé de sentiments aussi forts depuis longtemps.

Ma dernière relation remontait à deux ans. Il s'appelait Jean et j'avais rompu au bout d'un an parce qu'il avait omis de me révéler un détail : il était marié ! Comme il vivait séparé de sa femme et qu'ils n'avaient pas d'enfants, je n'avais eu, pendant tout le temps qu'avait duré notre idylle, aucun indice sur sa situation maritale. D'autant que nous n'habitions pas ensemble. Jean ne voulait pas et, moi, j'étais amoureuse et prête à faire toutes les concessions. Nous entretenions donc une relation paisible et, somme toute, assez harmonieuse, lorsqu'un soir, au restaurant, mon monde s'écroula.

Nous fêtions l'anniversaire d'Alexandre, l'un des membres de son groupe d'amis. L'ambiance était bon enfant. Jean et ses amis avaient été à la même école de commerce et, selon la légende, s'étaient mutuellement choisis dès le premier jour. Leur amitié semblait indéfectible. Alors qu'ils approchaient la trentaine, ils étaient tous célibataires et fiers de l'être. Aucun d'entre eux ne fréquentait de copine de longue date, et c'était, à les entendre, par choix. Je les aimais bien séparément, mais j'avoue que je me sentais parfois mal à l'aise au milieu de leur groupe. Il leur arrivait de faire des blagues à propos de Jean, insinuant qu'il était celui d'entre eux qui appréciait le plus d'avoir *une vie rangée.* Ainsi prononcée, la phrase sonnait davantage comme une tare qu'un compliment. J'avais, de temps en temps, envie de leur crier : « La ferme ! » Mais je me retenais.

Nous étions donc à table ce jour-là, fêtant les trente ans d'Alexandre, le séducteur de la bande. Il était accompagné d'un mannequin russe dont j'ai oublié le prénom, dilué dans la cohorte de poupées dont il avait été le cavalier pour un jour, une semaine ou, record absolu, un mois ! Nous en étions au dessert, lorsque je vis s'avancer vers notre table une jolie brune. Elle s'arrêta, puis lança à la cantonade :

— Bonsoir, les crapauds.

Les conversations s'interrompirent instantanément. Les regards un peu gênés allaient d'elle, à Jean, et à moi. Embarrassée à mon tour sans savoir pourquoi, je me penchai vers Jean pour lui demander discrètement de qui il s'agissait. La réponse me vint de la femme qui me tendait la main :

— Bonjour, enchantée. Je suis Karine, la femme de Jean.

Elle enchaîna :

— Je suppose que tu as reçu mon mail concernant le baptême d'Hugo, mon neveu ? Tu passes me prendre samedi à 19 heures ? Il faut que l'on arrive ensemble. Je te trouverai une excuse pour la cérémonie à l'église le matin. Bon, je vous laisse, les crapauds ! Et bon anniversaire, Alexandre ! Inutile de te souhaiter un peu de sagesse, je suppose ?

Elle disparut comme elle était apparue, ses talons claquant sur le parquet du restaurant.

Dès le lendemain, je ramassai les affaires que j'avais laissées chez Jean. Ses explications, selon lesquelles Karine refusait le divorce depuis trois ans parce qu'elle tenait à son statut de femme mariée, ne m'intéressaient pas. Il m'avait menti, et ça, c'était inacceptable. Je pleurai abondamment pendant plusieurs jours. Heureusement, trois semaines après la rupture, par le biais de mon ordinateur, un inconnu du nom de Julien parvint, avec humour et tendresse, à me révéler par un flirt salvateur que ma capacité à aimer restait intacte. L'aventure s'arrêta là : elle avait rempli sa fonction. L'amoureuse de l'amour que j'étais était apte à reprendre du service. Julien, ou quel que soit son vrai nom, avait croisé ma route pour me préparer à accueillir celui qui se dirigeait droit sur moi là, maintenant, à l'instant : Armand, l'homme de ma vie.

Délesté de sa blouse de travail, celui-ci avait apparemment terminé sa journée. Il s'assit sur le banc à mes côtés.

— Comment allez-vous ? me demanda-t-il doucement.

— Ça peut aller, répondis-je. Vous avez du nouveau concernant Pedro ?

— Malheureusement non, désolé. Sa situation peut ne pas évoluer pendant plusieurs jours, mais ça ne veut pas dire que ça empire. Et votre sœur, comment va-t-elle ? enchaîna-t-il.

— Pour le moment, elle est sonnée et se réfugie dans le sommeil, je crois.

— Ça a été une longue et dure journée pour vous aussi. Vous devriez rentrer vous reposer, ajouta-t-il en se levant.

— Oui, oui, vous avez raison. Je vais de ce pas à ma voiture…

— Ça me désole de vous laisser conduire seule, vous paraissez trop fatiguée. Si vous voulez, je vous dépose chez vous. Vous habitez Paris ?

— Volontiers, merci. Dans le onzième arrondissement, répondis-je avec mon plus beau sourire.

J'étais passée aux toilettes me refaire une petite beauté en espérant le rencontrer et, bingo, j'avais gagné le gros lot ! Il me devança pour appeler l'ascenseur.

— Ma voiture est garée au sous-sol, allons-y.

Une fois dans le parking, il se dirigea vers une Porsche magnifique, noire et rutilante. Je n'avais pas d'attirance spéciale pour les voitures de luxe, mais celle-ci était à tomber. Il la contourna pour venir m'ouvrir la portière et attendit que je sois bien installée avant de se mettre au volant. Pendant ce laps de temps, j'adressai, en silence, une prière de remerciement à la vie, lui faisant même un clin d'œil pour lui dire que j'avais compris la leçon : elle m'avait fait fréquenter des hommes, certains gentils, d'autres moins, mais elle me réservait le meilleur pour la fin.

Dès qu'Armand mit la clé de contact, un air de jazz envahit l'habitacle.

— Je suis désolé, s'excusa-t-il, en diminuant le volume. J'ai l'habitude de m'envelopper de musique quand je sors de l'hôpital. J'ai besoin de ce moment de relaxation.

— Oh, je comprends parfaitement. Et moi aussi, j'aime Charlie Parker !

Armand m'adressa un grand sourire et démarra. Il ne rompit le silence qu'au bout d'un long moment pendant lequel, complices, nous écoutâmes religieusement le virtuose du saxophone.

— Ce fut une rude journée, n'est-ce pas ? Ça va aller ?

— À vrai dire, je ne sais pas trop, tout s'emmêle dans ma tête… La maman et la sœur de Pedro vont bientôt arriver, mais je me sens un peu démunie pour le moment.

— C'est normal. Et vos parents ?

— Morts. Tous les deux. Il y a déjà quelques années.

— Oh ! Je suis désolé. En tout cas, si je peux faire quoi que ce soit, n'hésitez pas, d'accord ?

Il semblait vraiment sincère. J'étais émue et appréciais sa sollicitude.

Devant chez moi, toujours aussi prévenant, il contourna la voiture pour m'ouvrir la portière. Il m'embrassa sur la joue et me souhaita bonne nuit avant de repartir. Ce chaste baiser me troubla tant que j'essayai durant de longues minutes d'ouvrir sans succès la porte de mon appartement avant de comprendre qu'il n'y avait aucune chance que la clé d'Ariane y parvienne. Une fois à l'intérieur, je jetai mes affaires sur le canapé et me glissai sous les draps.

Je revoyais le film de la journée. Ariane. Comment s'en sortirait-elle ? Elle semblait si triste, si perdue. Le soulagement qu'elle avait ressenti en apprenant que Pedro était vivant n'avait duré qu'un instant. Très vite, la mauvaise nouvelle liée à son accouchement l'avait à nouveau submergée. Et cette mauvaise nouvelle était la trisomie d'Amarilla. J'ai toujours été étonnée par cette faculté qu'ont la plupart des êtres humains de vivre de manière plus ou moins intense un événement selon qu'il est positif ou négatif. La joie éprouvée à l'annonce d'une bonne nouvelle sera toujours, dans l'échelle des émotions, inférieure à la douleur d'en apprendre une mauvaise.

Je pensai alors à Pedro. J'espérais tant qu'il s'en sorte et sans de trop graves séquelles. Que deviendrait Amarilla s'il venait à disparaître ? Ariane pourrait-elle en assumer seule la responsabilité ?

Que déciderait-elle ? Ariane n'avait pas revu Amarilla depuis sa naissance et ne l'avait d'ailleurs pas réclamée. Allais-je devenir la maman de substitution de ma nièce ? Cette pensée m'inquiétait. J'avais toujours voulu avoir des enfants, plusieurs même, mais je n'étais pas plus préparée qu'Ariane à m'occuper d'une enfant trisomique. Je ne connaissais rien à ce problème de... chromosome. Comment les médecins avaient-ils pu ne pas le détecter ? Comment s'y prenait-on avec un bébé trisomique ? Amarilla aurait sûrement des besoins spécifiques, mais lesquels ? Quel avenir pour elle ? J'avais peur, tout simplement, et partageais les appréhensions du commun des mortels face à ce handicap. Dans mon esprit surgissaient les images bien connues de la trisomie, cette particularité physique qui attire des regards de rejet, de pitié, au mieux, mais rarement de compassion. Comment vivait-on avec ça ? Avec cette différence ? Ma nièce m'avait paru si petite et si vulnérable : il faudrait qu'elle soit courageuse.

Quant à ma vie à moi, elle était aussi peut-être en train de basculer. Armand ! Ma pensée revint sur notre trajet en voiture pendant lequel notre discussion m'avait permis d'oublier l'épée de Damoclès qui pesait sur les trois membres de ma famille. Pendant qu'il conduisait, nous avions joué à un quiz, pour deviner lequel de nous deux connaissait le mieux la discographie de Charlie Parker. J'avais apprécié chaque seconde passée dans le cuir moelleux et confortable de la Porsche. Quelles étaient mes chances de plaire à un homme comme lui ?

Sourire aux lèvres, j'étais en train de repasser en boucle notre conversation, quand me vint une pensée, la dernière que j'eus ce soir-là avant de m'endormir :

— Mince ! J'ai oublié ma voiture devant l'hôpital !

10

Le lendemain, je fus réveillée par la sonnerie du téléphone. La mère et l'une des sœurs de Pedro m'annonçaient l'heure de leur arrivée. Elles avaient pris l'avion très tôt ce matin et seraient là dans moins d'une heure. Leur apprendre la nouvelle la veille n'avait pas été facile. La maison avait retenti de hurlements qui m'avaient glacée d'effroi. Dévastée par l'angoisse, la maman de Pedro criait à pleins poumons :

— Pourvu qu'il s'en sorte, pourvu qu'il s'en sorte, je vous en prie, Seigneur.

Elle était croyante et, à travers ses prières, je me doutais qu'elle tentait de se raccrocher à sa foi comme à un rempart contre le désespoir et la peur du néant. De mon côté, si je m'inquiétais pour Pedro, je me demandais aussi dans quel état je trouverais ma sœur. Avait-elle revu Amarilla ? Avait-elle, comme moi, craqué à la vue de sa bouille adorable ? Avait-elle repris espoir ? À ces trois questions, j'espérais que la réponse serait oui. À ces trois questions, je comprendrai, une heure plus tard, que la réponse était non.

Comme pour alléger le fardeau de mes pensées, mon esprit glissa sur Armand et je me préparai en prenant soin de choisir des vêtements qui me mettraient en valeur, moi et mes rondeurs. Malheureusement, dès que je sortis du métro et arrivai à l'hôpital, un élément apparemment anodin me rappela à la dure réalité : la petite trace sur la chaussée, discrète, invisible aux yeux des passants, seul témoignage encore patent de l'accident de Pedro. La montée d'angoisse fut si soudaine que j'en eus le vertige et dus m'adosser au mur. La peur occupait à présent tout l'espace de ma poitrine et avait réussi à en expulser le beau et rassurant visage d'Armand. J'essayai de retarder l'annonce de l'inéluctable en me dirigeant aussi lentement que possible vers l'entrée des urgences, mais le regard que me lança l'infirmière-cerbère de la veille était si empreint de compassion que je hurlai de peur :

— Nonnnnn !

Puis, plus rien, je m'évanouis.

— Madame, madame... vous m'entendez ?

J'ouvris les yeux et vis deux prunelles noires encadrées par une magnifique coiffure afro. L'infirmier m'aida à m'asseoir sur une chaise.

— Ça va mieux, madame ?

J'acquiesçai de la tête.

— Vous pouvez venir à mon bureau ?

Je le suivis telle une condamnée.

— Monsieur Alvarez a fait un arrêt cardiaque, tôt ce matin...

— Oh, nonnn...

— Mais nous avons pu le réanimer.

— Que voulez-vous dire ?

— Ses organes vitaux fonctionnent toujours, madame, il est vivant, mais...

— Oh ! Merci ! MERCI !

Je riais et pleurais en même temps.

— Cependant, je dois vous dire : sa situation est très fragile, actuellement. S'il refait un autre arrêt cardiaque, cela peut lui être fatal. Vous comprenez ce que je vous dis ?

— Oui, oui.

— Avez-vous pu prévenir sa famille ?

— Oui, sa mère et sa sœur ont pris l'avion ce matin à Barcelone.

— D'accord.

Je suffoquais. Je décidai de sortir du bâtiment inspirer un peu d'air frais. Un homme, de l'âge de Pedro environ, qui s'approchait de l'entrée, guilleret, avec à la main un magnifique bouquet de fleurs et un nounours jaune, ralentit en me voyant :

— Ce n'est jamais aussi grave qu'on le croit, madame, la vie reprend toujours le dessus.

Puis, un peu gauche, désignant son bouquet, il ajouta, comme pour s'excuser :

— Je dois aller les retrouver…

Pourquoi ? Pourquoi n'était-ce pas Pedro avec un bouquet et un nounours ? Jaune, en plus… Pour mettre fin à ma confusion, je décidai de rendre visite à Amarilla. Derrière la vitre qui nous séparait, je l'observai. Elle était là, ma toute petite nièce. Les yeux grands ouverts, regardant autour d'elle, comme à la recherche de quelqu'un.

— Tu as raison de chercher tes parents, mon trésor. Ça n'aurait pas dû se passer comme ça. Mais je te sens tellement forte. Tu l'es, dis ? Tu l'es, forte ?

Amarilla me remarqua et se mit à gigoter. Je scrutai autour d'elle : quelles étaient les histoires des bébés alentour ? Y en avait-il seulement d'aussi dramatiques ?

— Je serai toujours là pour toi, ma puce. Quoi qu'il arrive, je serai là.

Je lui envoyai un baiser du bout des doigts et me dirigeai vers la chambre de ma sœur. Je savais que la promesse que je venais d'adresser à Amarilla sous-entendait que ses parents ne seraient peut-être pas toujours dans sa vie.

Dans la chambre d'Ariane, il y avait une aide-soignante qui repartait avec le plateau intact du petit déjeuner.

— Vous n'avez rien mangé hier non plus ! Il vous faut reprendre des forces, vous savez.

— Pas faim…

— Vous voulez que je vous apporte autre chose ? Y a-t-il quelque chose qui vous ferait plaisir ?

— Non.

Je fus touchée par la gentillesse de cette aide-soignante, qui avait l'air de s'intéresser sincèrement au bien-être de ma sœur. Ariane semblait toujours aussi triste et perdue, presque malade, avec ses cheveux épars et ternes sur l'oreiller, son front soucieux, ses yeux cernés et légèrement boursouflés, ses joues, qui recelaient encore des traces de larmes, et ses lèvres, habituellement pulpeuses, qui paraissaient avoir rétréci. Elle fixait la porte. Je me demandai à quoi elle pensait à ce moment précis.

— Un euro pour ta pensée, essayai-je timidement.

Nous adorions ce jeu : demander à l'autre, à l'improviste, de se confier en toute franchise, en livrant sa pensée du moment pour la modique somme d'un euro (qui évidemment ne serait jamais payée…).

— Fuir. J'aimerais *rétroactiver* ma vie à huit mois et trois jours en arrière, et être rentrée chez moi, ce soir-là, au lieu d'être restée dormir chez Pedro.

Ariane leva la tête vers moi et ajouta :

— Ça se dit, *rétroactiver* ?

— Je n'en sais rien ! De toute façon, ce ne serait pas la première fois que tu enrichis la langue française. Tu te souviens de…

— *Contradictaire* ! Oui, tu m'avais tellement énervée à me contredire ce jour-là !

Je ris de bon cœur. Et ce rire était bienvenu. Ariane me demanda alors :

— Je veux tout savoir, Camille. Dis-moi la vérité. Sur Pedro d'abord.

— Tu ne veux pas de nouvelles de ta fille ?

— Un, c'est la fille de Pedro. Deux, je t'ai demandé des nouvelles de Pedro.

Ariane avait l'air de pouvoir entendre la vérité et je n'en pouvais plus de tenir le secret. Je pris une grande inspiration avant de me lancer d'une traite :

— Son accident est très grave. Il a été fauché par une moto en traversant, là, juste devant l'hôpital, au moment où il venait te rejoindre pour l'accouchement. Il a un traumatisme crânien. Les médecins ne savent pas s'il va s'en sortir.

— On peut le voir ?

— Non. Les visites sont interdites pour le moment.

— Tu as appelé Barcelone ?

— Oui. Sa maman et Maria sont peut-être déjà arrivées.

Ariane avait posé ces questions très calmement. Elle se tut quelques secondes, puis reprit :

— Le salaud ! Quel salaud ! Putain, s'il me laisse tomber, je le suivrai jusqu'en enfer pour lui remettre son mioche... C'est trop facile ça : il me saoule avec ses berceuses ridicules depuis deux mois pour finalement se casser au moment où il faut prendre ses responsabilités ?

— Euh...

— Champion de moto ? Motard de mes deux, oui ! Il s'est fait faucher par une moto, elle est bien bonne celle-là !

Ariane se mit soudainement à pleurer et voulut se lever. Elle rejeta les draps en hurlant :

— J'y vais ! Tu vas voir s'ils m'empêcheront de lui parler, à ce lâche !

Mais elle fut prise d'une douleur au moment de poser pied à terre.

— Ariane…

— Toi, ça suffit ! Ça fait deux mois que tu joues à la maman, tu crois que je ne le vois pas ? Mais tu en sais quoi, Camille, de la maternité, hein ? De ce que j'ai subi ? Tu l'as peut-être déjà vécu dans ta chair ? C'est toi qui porteras cette responsabilité et seras maman d'une enfant trisomique ? Alors arrête de jouer à la poupée, là, et de me dire ce que je dois faire !

— Je ne veux pas te dicter ta conduite, mais…

— Quoi ? hurla-t-elle. Tu vas t'en occuper, peut-être, de la trisomique ?

— Ariane, c'est ta fille !

— Eh bien, je t'en fais cadeau !

— Comme tu as fait cadeau de la première ?

Ariane devint livide. Aussi blanche que ses draps. J'eus soudain envie de disparaître. Qu'est-ce qui m'avait pris ? Comment avais-je pu ouvrir ce chaudron hermétiquement fermé depuis dix ans ?

— Ariane, tentai-je de me rattraper, je te demande pardon. Je t'en prie, pardonne-moi. Pardon, pardon…

— Sors de ma chambre !

— Ariane, je t'en prie…

— SORS DE MA CHAMBRE ! hurla-t-elle.

Je sortis précipitamment, rouge de honte. Le téléphone sonna à cet instant : c'était Armand qui m'informait que l'état de Pedro était toujours stationnaire.

— Que se passe-t-il ? me demanda-t-il, au bout d'un moment. Votre sœur va bien ?

Tout ce qu'il reçut comme réponse de ma part fut :

— Je suis un monstre, je suis un monstre…

Attentif à ma détresse, Armand essaya de me faire parler, mais comment pouvais-je lui raconter ? Tacitement, cela faisait longtemps que nous avions parafé les pages de ce dramatique épisode, et signé au bas du contrat : « Affaire classée ».

11

La nuit suivant la dispute fut agitée. Les souvenirs remontaient par vagues, et je n'arrivais plus à en endiguer le flux. Tout me ramenait à Ariane et à cet épisode dramatique de notre jeunesse qui marqua pour toujours la fin de notre enfance.

En ce premier jour de printemps, Ariane se préparait à aller passer une soirée pyjama chez son amie Hélène. Elle portait l'un de ses éternels jeans trop grands et un large sweat-shirt sous lequel disparaissait entièrement sa mince silhouette. Maman, qui l'attendait à la porte, la pressa de se dépêcher. Elle dévala l'escalier et la devança dans la vieille 405 familiale qui avait sûrement été d'un beau bleu marine à une époque lointaine de sa jeunesse, mais dont la peinture était maintenant tout écaillée.

— Tu n'as rien oublié ? lui demanda maman.

— Non.

— Tu as ta brosse à dents, tes sous-vêtements de rechange ?

— Oui, maman, répondit Ariane dans un soupir.

— Et ton pyjama ?

— Mamannnn ! C'est une soirée pyjama, je ne vais quand même pas oublier mon pyjama !

— Et la tarte aux pommes, tu l'as récupérée au moins ?

— Oui, maman ! On peut y aller, maintenant ?

— Tu…

— Maman !

Notre mère se tut et engagea la marche arrière dans la ruelle étroite, pour conduire Ariane vers ce qui allait être à la fois l'un des plus beaux jours de sa vie mais aussi l'élément déclencheur de l'un de ses plus douloureux épisodes.

Ce qui passionnait le plus Ariane à l'école, c'était sa bande de copines : Anne, Magali et Hélène. Elles s'étaient surnommées les « reines de Rennes ». Férues de sport, elles passaient ensemble, après les cours, des heures à la piscine municipale, sur le terrain d'athlétisme ou tout simplement à pratiquer le roller. Anne attirait tous les regards : grande et blonde, elle dépassait tout le groupe, et même la classe entière, d'une tête. Elle remarquait bien l'effet qu'elle produisait sur la gent masculine, mais n'en tirait aucun profit. Magali, jolie métisse ronde et musclée, était la plus cultivée d'entre elles. Ayant été élevée par un père diplomate et une mère prof de français, elle n'avait pas d'autre choix que d'« être à la hauteur de son exceptionnel ADN » comme elle le disait elle-même. Quant à Hélène, sa spécificité était de fournir à ses amies les moyens logistiques et financiers d'assouvir leurs envies. Fille unique de parents aisés, divorcés, débordés et culpabilisés, elle était passée maîtresse dans l'art de tirer les ficelles des marionnettes qu'ils étaient devenus entre ses mains. Dans la grande maison qu'elle occupait à temps plein avec Joyce, la fille au pair américaine, ses parents campaient à tour de rôle. Elle disposait même d'un chauffeur. Elle était la plus délurée du groupe, et aussi la plus précoce. Et c'est dans cette belle demeure qu'elle recevait ses amies ce soir-là pour une soirée pyjama-cinéma.

Dans le salon plongé dans le noir, munies chacune d'un gros bol de pop-corn confectionné par Joyce, les amies enchaînaient les films. Hélène les réapprovisionnait régulièrement en boissons, biscuits et barres chocolatées qu'elle ramenait de la cuisine.

Fatiguée de faire le room service, elle décida que les autres aussi pouvaient se déplacer :

— J'en ai marre de faire seule les allers-retours. Il n'y a plus de Coca. Qui va nous en chercher ?

— OK, j'y vais, accepta Ariane en bondissant sur ses pieds.

— Ramène-moi un Mars, en même temps, demanda Hélène.

— OK !

Dans la cuisine, tranquillement adossé à la table, se tenait un homme d'une vingtaine d'années, tartinant du Nutella sur une tranche de pain.

— Hi ! lança-t-il à Ariane en la voyant arriver.

— Euh… bonjour… je veux dire… bonsoir…

— Je suis Aidan, ajouta-t-il avec un accent anglais en lui tendant la main.

— Euh… je m'appelle Ariane, répondit Ariane en rougissant.

Elle le regarda, gauche, gênée, et s'en retourna au salon.

— Mais où est le Coca ? s'étonna Hélène en la voyant revenir les mains vides.

— Il y a un homme dans la cuisine ! réussit à articuler faiblement Ariane.

— Ah ! Grand, noir, craquant ?

— Oui… oui…

— C'est Aidan, le *boyfriend* de Joyce. Je compte bien le lui piquer, il est top canon !

Hélène se leva, jeta un œil dans le reflet d'un grand miroir et sortit en se dandinant, ce qui déclencha les éclats de rire de ses amies, à l'exception d'Ariane. Elle revint dix minutes plus tard, légèrement contrariée.

— Il fait semblant de ne pas être intéressé, mais ça ne durera pas.

Elle posa la bouteille de Coca sur le tapis, déshabilla sa barre de Mars, et croqua dedans à pleines dents. Pour une raison qu'elle ne comprenait pas, Ariane était soulagée qu'Aidan ait résisté aux tentatives de séduction d'Hélène. Pendant le reste de la soirée, elle fit semblant de participer à la joie du groupe mais n'avait en tête que le jeune homme et son sourire craquant. Quand ses amies, après avoir chanté du Jean-Jacques Goldman à tue-tête pendant une bonne partie de la soirée, furent enfin endormies, elle se leva doucement et se dirigea à pas feutrés vers la cuisine. La pièce était plongée dans la pénombre, mais elle distingua la silhouette d'Aidan qui la regardait avancer.

— Je t'attendais, je savais que tu viendrais, dit-il posément.

— Je... je n'arrivais pas à dormir.

— Viens, ajouta-t-il, lui tendant les bras.

Ariane s'avança mécaniquement, comme hypnotisée. Deux bras vigoureux l'accueillirent et la serrèrent tendrement contre un torse ferme. Elle sentit son cœur s'emballer, mais n'osait bouger de peur de rompre le charme. Aidan chuchota à ses oreilles.

— Ce pyjama te va bien.

Ariane rougit dans la pénombre.

Il l'observait attentivement.

— Tu es jolie, tu sais ! Tu me plais.

Ariane ne disait toujours rien.

— Et moi, je te plais ?

Elle ne s'était pas attendue à une question aussi directe.

— Euh...

Aidan éclata de rire. Il lui souleva le menton et elle osa enfin soutenir le regard de ces prunelles claires, qui illuminaient ce beau visage à la peau mate.

— Oui, je crois…

— Tu crois ? Tu n'es pas sûre ?

— Euh… si, je crois que si…

— J'ai envie de t'embrasser. Je peux t'embrasser ? Comme ça, tu verras si je te plais ou pas…

Ses lèvres approchaient dangereusement des siennes. Ariane tremblait d'excitation. Elle n'avait jamais embrassé un garçon, n'y avait jamais vraiment pensé, et elle mourait d'envie de ce premier baiser. Il s'arrêta alors qu'il se trouvait à quelques centimètres de sa bouche :

— Je peux ?

— Oui, murmura-t-elle dans un souffle.

Il sourit, lui prit le visage des deux mains et lui offrit le plus beau, le plus tendre des premiers baisers dont une jeune fille puisse rêver. Ariane plongea dans un monde inconnu. D'abord les bras ballants, elle passa ensuite timidement sa main dans la tignasse bouclée d'Aidan. Celui-ci l'embrassa de plus belle jusqu'à ce que, la tenant à bout de bras, il scrute son visage, comme pour trouver la réponse à son attirance soudaine. Il lui demanda alors :

— Quel âge as-tu, belle Ariane ?

— Seize ans. Je vais en avoir dix-sept bientôt.

— Seize ans ! Oui, c'est bien ce que je pensais ! Tu es si jeune ! dit-il en l'éloignant de lui.

À ce moment, le couloir s'éclaira. Ariane se précipita vers le frigo, tandis qu'Aidan prit posément son verre qui était posé sur la table et le porta à sa bouche.

— *Aidan! What are you doing there?*

C'était Joyce, elle venait d'entrer dans la cuisine avec un air suspicieux. Apercevant Ariane, elle parut soulagée. Le danger ne pouvait surgir d'elle, c'était d'Hélène dont elle se méfiait.

— Ah! C'est toi? Tu ne dors pas?

— J… J'avais soif… Je suis venue boire un verre d'eau.

Joyce ne l'écoutait déjà plus. Elle prit Aidan par la main et le devança pour le ramener à la chambre. Il se retourna juste avant de sortir pour envoyer un baiser à Ariane. Ariane partit se glisser elle aussi sous les couvertures, et fixa le plafond pendant un temps infini avant de trouver le sommeil.

Le lendemain, elle ne toucha mot de son aventure à ses amies. Aidan semblait avoir disparu. Toutefois, elle sauta de joie quand Hélène leur proposa à toutes de rester une nuit supplémentaire. À midi, Hélène décréta qu'elle avait envie d'une pizza: tout le monde se rendrait donc dans sa pizzéria préférée qui n'était, évidemment, pas la plus proche. Ariane en profita pour prétexter un mal de tête. Joyce voulut lui tenir compagnie, mais elle la convainquit facilement qu'elle avait besoin de rester seule, dans le silence.

Ariane était en train de caresser le pyjama dans lequel Aidan l'avait trouvée si belle quand on sonna à l'interphone. Son cœur bondit dans sa poitrine. Elle savait, sans doute aucun, qu'il s'agissait d'Aidan. Elle ouvrit la porte. Il la dévisagea longuement, passa devant elle en entrant et lui dit:

— J'ai oublié mes affaires de sport ce matin.

Puis, doucement, il ajouta:

— Je suis désolé pour cette nuit.

— Tu peux parler normalement, il n'y a personne, lui assura Ariane.

— Ah bon? Elles sont où?

— Parties à la pizzéria.

— Sans toi ?

— J'ai prétexté un mal de tête. Je t'attendais.

— Ariane, je ne sais pas, tu n'as que seize ans...

— J'ai bientôt dix-sept ans et... je veux que tu sois le premier !

— Quoi ?

— Je veux que tu sois le premier, tu as bien entendu !

Elle s'approcha de lui, prit chacune de ses mains dans les siennes et le regarda droit dans les yeux. Puis elle se mit sur la pointe des pieds et lui taquina les lèvres. Il porta ses mains à son cou, l'étreignit, et céda à cette tentation qui pourtant l'avait fait décamper dès l'aube de cette belle journée de printemps.

Aidan fut attentif, câlin, et prudent en usant d'un préservatif. Mais cet instant de tendresse serait le dernier d'Ariane avant un long moment.

12

En ce jeudi après-midi, la pédiatre nous avait convoquées dans la chambre d'Ariane avec la famille de Pedro pour nous donner des informations sur la trisomie 21. La maman, que nous appellerions désormais Abuela (grand-mère en espagnol), et Maria, la sœur de Pedro, étaient arrivées le matin même : deux silhouettes en manteau, épaules voûtées, visages tristes à l'unisson, que j'avais accueillies à l'entrée de l'hôpital et conduites directement au service de neurochirurgie. Si elles avaient pu rencontrer Armand qui leur avait expliqué la situation, elles n'avaient toutefois pu voir Pedro et la déception se lisait sur leurs visages tordus d'angoisse. Ariane, aussi, assise sur son lit, à genoux, gardait l'air fermé.

La pédiatre prit la parole :

— La trisomie 21 n'est pas une maladie, c'est un excès de gènes, c'est-à-dire une malformation congénitale pour laquelle il n'y a pas de traitement. Amarilla, comme tous les enfants trisomiques, possède trois chromosomes 21 au lieu de deux. On ne peut donc pas « corriger » son handicap. Vous devez savoir que les conséquences de cette anomalie peuvent être très variables d'un individu à l'autre. Cependant, on constate dans presque tous les cas une hypotonie, accompagnée d'une hyperlaxité ligamentaire ainsi que…

Ariane l'interrompit, agacée :

— Serait-ce trop vous demander que de parler français, svp ?

— En fait, reprit calmement la pédiatre, le développement psychomoteur des enfants porteurs de cette anomalie est retardé. Ça veut dire qu'Amarilla fera tout plus tard que les autres enfants, et il y aura peut-être des acquis qu'elle n'aura jamais. Cependant, vous pourrez bénéficier d'une prise en charge pluridisciplinaire dès sa petite enfance : exercices d'orthophonie, de kinésithérapie, de psychomotricité, pour l'aider dans l'apprentissage du langage et aussi à mieux se mouvoir.

— Aura-t-elle une déficience intellectuelle ? s'enquit Ariane, le visage impassible.

— Disons que, chez la plupart des enfants trisomiques, il existe effectivement une déficience intellectuelle, mais… et ce que je vais dire est fondamental, les compétences sont variables d'un individu à l'autre. Cela dépend certes du capital génétique, mais j'ai presque envie de dire que, comme pour tous les enfants, l'évolution d'Amarilla dépendra grandement de son éducation, son environnement, son apprentissage, la manière dont vous, sa famille et son cercle proche, allez l'entourer pour l'aider à grandir.

— Y a-t-il des maladies liées à la trisomie ? demanda la sœur de Pedro, pendant que sa maman, inconsolable, n'arrêtait pas de pleurer et de se moucher dans un tissu en coton brodé.

— J'allais y venir, justement. Les enfants trisomiques présentent un peu plus souvent que les autres des problèmes médicaux : des maladies infectieuses telles que des ORL à répétition, des maladies auto-immunes comme l'hypothyroïdie, le diabète, l'intolérance au gluten…

Pendant qu'elle égrenait cette liste sans fin, je me sentais de plus en plus mal. Une sensation d'étouffement me gagnait. Je cherchais par tous les moyens possibles à m'échapper de l'atmosphère oppressante de cette chambre. Ma pensée repartait sans arrêt vers Armand : où était-il ? Que faisait-il ? Pensait-il à moi ? Les dernières phrases de la discussion m'atteignirent comme dans un songe :

— … surveillance médicale un peu systématique tout au long de sa vie pour pouvoir dépister, traiter et éviter des complications. Nous devrons réaliser une échographie cardiaque, puisqu'une malformation du cœur est présente chez quarante pour cent des trisomiques, ainsi qu'un examen oculaire pour vérifier si Amarilla n'est pas née avec une cataracte congénitale.

La pédiatre nous observa les unes après les autres comme pour s'assurer que nous avions bien compris que notre vie ne serait plus jamais comme avant. Nous pleurions toutes, sauf Ariane dont le visage restait de marbre. Aucune émotion ne s'y lisait malgré ce déluge de mauvaises nouvelles.

La pédiatre se tourna alors vers nous et nous demanda de sortir : elle devait parler à Ariane en tête à tête. Nous nous levâmes d'un même élan. Pendant que la sœur de Pedro et moi-même nous dirigions vers la porte, la mère de Pedro fit un pas vers le lit, y posa une demi-fesse, et, très tendrement, embrassa Ariane sur le front en lui murmurant :

— Amarilla est notre fille à tous, tout comme toi, tu es ma fille. Je suis là, et les sœurs de Pedro aussi, et Camille aussi, et…

Elle renifla et laissa couler ses larmes.

— … et Pedro aussi. J'ai beaucoup prié, tu sais, et le Seigneur m'a répondu : ce bébé spécial qu'il nous envoie, c'est pour notre bien. Je t'en prie, accepte-la, accepte-la… tout ira bien. Tu m'entends ? Tout ira bien.

Elle se pencha une fois encore pour embrasser Ariane, et ses larmes laissèrent sur les joues de ma sœur des traces qui auraient dû être les siennes.

Sauf qu'Ariane ne pleurait pas.

13

— Tu lui as déjà répondu ?

— Non.

— Tu vas faire quoi ?

Ariane gardait le silence. Mais, depuis notre altercation, ses yeux me foudroyaient de colère. Je n'y prêtai volontairement pas attention.

— Tu comptes faire quoi, Ariane ?

— Je n'en sais rien !

— Je t'en supplie, Ariane, réfléchis ! La maman de Pedro et ses sœurs seront là. Je ne te laisserai pas tomber. Je t'en prie…

Ariane ne répondit pas, elle fixait une tache invisible sur le mur devant elle. Sa main tortillait un bout de drap.

— Tu te rappelles, l'autre jour, quand on disait qu'il n'y avait pas de hasard ? Les choses n'arrivent pas par hasard, Ariane. Dans la vie, les possibilités sont bien plus grandes que le seul tableau de notre réalité immédiate. Je t'en prie, réfléchis…

— Et si d'autres parents, qui ont, eux, envie d'un enfant, et qui, de surcroît, s'en foutent que l'enfant soit handicapé, si ces parents accueillent Amarilla ?

Ariane avait arrêté de chiffonner son bout de drap. Prise au dépourvu, j'inspirai un grand coup et lui répondis :

— Je ne sais pas, Ariane.

— Eh bien, tais-toi alors ! Arrête de faire comme si c'était le cas ! Lâche-moi, Camille. Lâchez-moi toutes ! C'est ma vie, arrêtez de faire comme si elle vous appartenait. C'est à moi seule de décider, pas à vous. C'est trop facile de me faire subir cette pression. Ce n'est pas vous qui vivrez au jour le jour avec une enfant, et peut-être aussi un conjoint, handicapés.

— Je n'exprime que ma conviction. Et ma conviction est que cette petite a un rôle à jouer dans notre famille… Et Pedro ? As-tu pensé à lui ? S'il se rétablit ? Tu sais combien il l'attendait ce bébé.

— Il n'attendait sûrement pas une mongolienne ! Tu n'as pas entendu la pédiatre ou quoi ? Et je te rappelle, si tu l'as déjà oublié, que Pedro est dans le coma. On ne sait pas s'il va s'en sortir, quand et quelles seront les séquelles. Alors tes convictions, tu peux te les garder !

La violence du terme « mongolienne » me donna envie de bondir, mais je me retins.

— Bon, je ne sais plus quoi dire. Prends la décision qui te semble la meilleure. Après tout, c'est toi qui vivras avec cette décision, quelle qu'elle soit, n'est-ce pas ? Tu peux leurrer qui tu veux, mais tu ne me feras pas croire, à moi ta sœur, que tu as réussi à l'effacer de ta mémoire, celle dont on ne parle jamais. Je sais que tu ne veux pas en parler, mais tu ne crois pas que…

— Tu as vraiment envie de remettre ça sur le tapis ? me coupa Ariane. Tu veux quoi à la fin ? Me culpabiliser ? Tu te crois supérieure à moi ? Tu ne penses pas que je souffre assez comme ça ? Je suis une adulte, maintenant. Personne n'a le droit de me dicter ma conduite. Et surtout pas toi, Camille !

— Je t'en supplie, je ne te demande qu'une chose : accepte de la voir avant. Pour ne pas le regretter après…

— Mais c'est pas vrai ! Fiche-moi la paix, Camille ! Ça suffit maintenant tes leçons de morale ! N'essaie pas de te mettre à ma place, tu n'as absolument aucune idée de ce que je vis.

J'allais trop loin, je le savais, mais je ne pouvais plus m'arrêter : la digue avait cédé.

— S'il te plaît. Accorde-lui ça ! Ton regard sera peut-être le ciment de sa vie émotionnelle ensuite.

— Puis-je te demander un service à mon tour ?

— Oui… oui, bien sûr !

— Eh bien, occupe-toi de ta vie au lieu de te mêler de la mienne ! Tu ne la trouves pas un peu vide, ta vie ? Carrément terne même ?

Je tournai les talons et sortis en claquant la porte.

14

Le couloir de la maternité résonnait de rires ce jour-là. Une famille, visiblement très nombreuse, rendait visite à la maman, des Américains, chargés de cadeaux, de ballons attachés à une ficelle, de nounours, et de paquets divers. Certains entraient dans la chambre de la jeune accouchée, d'autres en sortaient. Tout le monde s'embrassait, se serrait dans les bras, se saluait, et leur bonne humeur contagieuse rayonnait dans tout l'étage. La chambre d'Ariane revêtait, en comparaison, des allures de pièce mortuaire.

Le papa d'un quatrième garçon m'aborda pour me demander s'il y avait eu un heureux événement dans ma famille aussi. Comment pouvait-on décrire l'arrivée d'Amarilla ? C'était un événement, aucun doute là-dessus. Mais pouvait-on le qualifier d'« heureux » ? En tout cas, pas encore. Quand un enfant naît, une fois l'euphorie passée, il est investi de tant d'espoirs, de projets, de rêves qu'il arrive que l'on soit déçu par la suite. Mais lorsqu'il n'a pas été désiré, et surtout quand, comme c'est le cas d'Amarilla, le bébé est porteur d'une maladie, d'un handicap ou d'une quelconque infirmité, alors là, le sentiment de désespoir que l'on ressent peut être très violent. Sauvée par la sonnerie du téléphone, je n'eus que le temps de répondre « Euh… oui », avant de décrocher :

— Allô ?

— Bonjour, c'est Armand.

— Oui. Bonjour, j'ai reconnu votre voix. Comment allez-vous ?

— Très bien, et vous ?

— Ça va. J'allais justement prendre des nouvelles de Pedro…

— Son état est toujours stationnaire mais je m'arrangerai pour que sa famille puisse passer un court instant avec lui demain. Et votre sœur ? Comment va-t-elle ?

— Moralement, ça pourrait aller mieux.

— Et la petite ?

— Amarilla ? Je vais justement la voir, mais elle va aussi bien que possible dans ces cas-là, apparemment.

Je m'adossai contre le mur, heureuse de le sentir aussi bienveillant envers moi.

— C'est une bonne nouvelle. Dites-moi, c'est peut-être déplacé compte tenu des circonstances, mais auriez-vous envie de vous joindre à moi ce soir pour dîner ?

Un immense bien-être m'envahit. C'était exactement ce qu'il me fallait, après l'altercation avec Ariane.

— Je n'ai rien de prévu, mais…

— Alors je vous invite dans un de mes restaurants préférés ! J'espère que vous allez aimer, vous avez bien besoin de vous détendre un peu.

— Merci, c'est gentil. J'accepte volontiers.

À cet instant précis, je sentis qu'un sourire à la Julia Roberts venait de s'afficher sur mon visage et ne pus empêcher un léger rire de s'échapper de ma bouche. J'avais en effet besoin d'évacuer la tension accumulée.

— Je vous récupère en bas de chez vous à vingt heures, ça vous va ? reprit-il.

— Oui, parfait.

— À ce soir, alors…

— À ce soir.

Il raccrocha. Je restai quelques secondes à sourire béatement, le téléphone à la main, puis partis voir ma nièce. Quand j'arrivai, je surpris la maman et la sœur de Pedro qui la contemplaient d'un regard attendri, et je compris qu'elles n'avaient pas saisi le motif du tête-à-tête entre Ariane et le médecin. Elles ne se doutaient pas que cette petite fille qui scrutait à présent sa grand-mère de ses minuscules prunelles bleues n'aurait peut-être jamais l'occasion d'écouter ses comptines en espagnol, de rire à ses mimiques, de sentir son amour. Elles n'imaginaient pas qu'Ariane penchait dangereusement pour un choix qui, probablement, les horrifierait : confier Amarilla à une famille adoptive.

Une infirmière arriva et nous demanda si nous voulions assister au cérémonial du bain. Elle manipulait le bébé avec délicatesse, tendresse et efficacité. Amarilla, visiblement, adorait ce moment. Elle gigotait, émettait des petits bruits de satisfaction, et semblait éclatante de bonheur. Quand la mère de Pedro se proposa pour l'habiller, l'infirmière déclina gentiment, un peu gênée. J'en déduisis, à son attitude, qu'elle avait reçu des consignes. Peut-être fallait-il que la famille ne s'y attache pas trop, à ce bébé ? Mais, consigne ou pas, Abuela s'était déjà viscéralement prise d'affection pour Amarilla. Tout comme moi.

Une fois revêtue de sa grenouillère jaune, Amarilla fut remise dans son minuscule berceau de verre. Une femme d'une quarantaine d'années aux cheveux châtains, habillée d'une longue jupe chatoyante et d'un chandail couleur prune, s'approcha alors de nous et nous salua gentiment. Son regard vert, vif et intelligent se tourna vers Amarilla :

— Bonjour, Je m'appelle Josiane. Je suis venue voir la petite merveille qui est là.

Puis, se penchant vers le berceau, elle tendit son index pour lui caresser la joue :

— Mon petit ange. Oh, que tu es belle ! Elle est vraiment adorable, cette petite.

Nous la laissâmes faire, tant son attitude était bienveillante. Josiane (nous la surnommerions « Joviale » par la suite) n'était pas venue sans raison. Elle était une membre très active d'une association de parents trisomiques. Elle avait donné naissance au petit Eliott quinze ans plus tôt, dans ce même hôpital. Comme pour Amarilla, la trisomie d'Eliott n'avait pas été détectée avant sa naissance. Josiane était passée par toutes les étapes classiques des mamans confrontées à la réalité du handicap : le choc, la négation, la culpabilité, la colère, le marchandage, le détachement, puis l'acceptation. Elle avait mis six mois à atteindre la dernière étape, celle qui allait faire d'elle la maman d'un enfant pas comme les autres. Mais il avait fallu pour cela qu'elle traverse une dépression qui avait nécessité une hospitalisation de plusieurs mois.

Elle avait été si bien épaulée par l'association qu'elle s'y était investie à son tour pour rendre ce qu'elle-même avait reçu : des conseils, de l'appui pour les nombreuses et compliquées démarches administratives (tous les ans, il fallait préciser, que, oui, Eliott était toujours trisomique ! Aucun miracle non, n'avait changé son état !). Elle offrait son réconfort, et par-dessus tout, son amitié et était devenue l'une des figures les plus charismatiques de cette association, toujours prête à accourir lorsque l'hôpital signalait un parent en détresse.

Aujourd'hui, nous apprit-elle, c'était Ariane la maman en détresse, et Josiane avait comme mission de l'éclairer sur ce qui l'attendait en tant que maman d'une enfant trisomique. Son expérience lui avait montré qu'il était possible de vivre, et même d'être heureux, « avec » un enfant trisomique (et non pas « malgré », comme les gens le pensaient).

— Je ne vous cache pas qu'il s'agit d'un parcours du combattant. Ce n'est pas facile. Le quotidien n'a rien à voir avec celui d'un enfant ordinaire, mais c'est normal, puisqu'il s'agit d'un enfant « extra-ordinaire ». Vous savez, aucun parent ne choisit de mettre au monde un enfant aussi particulier, aussi fragile. Ça bouleverse tout. Ça engage non seulement la vie de l'enfant, mais aussi celle de toute la famille. Parce que, désormais, rien ne sera jamais plus comme avant. Pour personne. Mais, sincèrement, ces enfants ont des richesses insoupçonnées. Mon fils est incroyable ! Je n'aurais pas cru, à sa naissance, pas une seule seconde, qu'il me bouleverserait de bonheur autant qu'il le fait. Il nous entraîne tous dans une aventure que l'on n'aurait pu deviner. Nous avons, grâce à lui, une autre hiérarchie des valeurs. Parce que son apprentissage, ses apprentissages, devrais-je dire, sont plus lents, plus laborieux que ceux des enfants ordinaires, ils sont aussi plus précieux et ont des goûts de victoire. Ce sont des enfants étonnants, « extraordinaires », au sens premier du terme. Mais j'avoue aussi, je le redis, que leur éducation demande un engagement énorme. Ils sont chronophages, vous pompent votre énergie. Mais vous savez quoi ? Ça en vaut la peine. Ils vous le rendent au centuple.

J'entendis Ariane renifler et prendre la parole. La mère de Pedro et Maria s'approchèrent à leur tour de la porte.

— Répondez-moi franchement : si vous aviez eu le choix, auriez-vous préféré avoir un enfant ordinaire et vivre des joies ordinaires, ou avoir un enfant « extraordinaire » comme vous dites et vivre des joies « extraordinaires » ?

La réponse fusa, claire, limpide, presque acerbe.

— Je n'ai pas eu le choix.

Puis la voix reprit plus doucement :

— Tout comme vous ne l'avez pas. Du moins pas ce choix-là. L'étape par laquelle vous passez est normale, mais voilà, on ne peut pas revenir en arrière. Votre petite fille est bel et bien là. Vous devez composer avec cette donnée. Et s'il y a bien une chose que mon fils m'a apprise, c'est ça : prendre une chose à la fois. Ce qui s'est passé hier n'est plus, et pour ce qui se passera demain… eh bien, on verra : avec ces enfants, le quotidien devient si prenant qu'il exige toute notre attention. Et c'est aussi pour ça qu'on le vit plus intensément. Vous comprenez ?

Nous reculâmes toutes les trois précipitamment au moment où elle sortait. En nous voyant, Josiane nous tendit une carte sortie de son sac :

— La famille aussi peut avoir besoin de conseils. N'hésitez pas à nous contacter.

Je la remerciai d'un maigre sourire. J'avais envie de lui crier « Il y a peu de chances que l'on en ait besoin », mais je gardai cette pensée pour moi.

Je tapai discrètement à la porte et, sans attendre la réponse, passai la tête :

— On peut entrer ?

Ariane ne réagit pas.

— D'accord, comme tu veux. Je suis là, avec Abuela et Maria. Prends le temps qu'il te faut.

Je me retournai vers la maman de Pedro, l'entourai de mes bras et lui proposai :

— Allons voir Pedro.

— Mais… répondit-elle, désemparée.

— Je sais, je sais. Mais nous serons près de lui. Depuis le couloir, nous lui enverrons nos ondes positives, et il les ressentira, j'en suis sûre !

La maman de Pedro leva vers moi des yeux bouleversés de tristesse, attrapa ma main, posa sa tête sur mon épaule, et nous avançâmes ainsi, avec Maria, vers l'ascenseur. Notre trio de douleur attirait tous les regards.

15

Ce jour-là, je rentrai chez moi épuisée, éreintée, mais décidée à profiter du mieux possible de la belle soirée qui m'attendait : mon dîner en tête à tête avec Armand. Je me sentais un peu coupable vis-à-vis de ma sœur de vivre ce début d'idylle à un moment si douloureux pour elle, mais, ce soir, j'avais besoin de m'occuper de moi. Après tout, Ariane, elle-même, me l'avait ordonné : il était temps que je vive ma vie. J'avais deux heures devant moi pour me rendre irrésistible et je les utilisai à bon escient pour masquer ma fatigue et mes cernes.

À peine arrivée, je me dirigeai droit vers la penderie. La rêveuse que j'étais avait déjà mentalement choisi sa tenue. Une robe bordeaux et noir que je m'étais fait confectionner sur mesure chez un artisan tailleur, à Cotonou, lors d'un voyage au Bénin.

Dans la salle de bains, j'enlevai mes vêtements et, en sous-vêtements, scrutai mon corps de femme ronde. J'avais fait la paix avec lui après plusieurs tentatives avortées de régimes. J'avais fini par comprendre que mon corps, en réalité, je l'aimais. Parfois, le regard des autres l'enlaidissait et me le rendait insupportable. Mais j'avais appris à ne plus m'en soucier, et surtout, tous les hommes qui avaient traversé ma vie s'étaient montrés ravis de mes rondeurs, ce qui avait grandement contribué à renforcer ma confiance en moi. J'en prenais soin, en me rendant régulièrement au hammam où, après un bain de vapeur à l'eucalyptus, je m'offrais la totale : gommage, masque, massage aux huiles essentielles.

Si j'avais peur que le téléphone sonne pour m'annoncer une mauvaise nouvelle, heureusement, il n'en fut rien et je descendis dans le hall de l'immeuble avec cinq minutes d'avance. Les regards admiratifs et les compliments qui fusèrent me remplirent de bonheur.

Quand Armand arriva, sa beauté me coupa le souffle. On l'aurait cru sorti d'un magazine chic pour hommes. Il arborait un costume en lin de coton noir, et une chemise blanche en dessous. Rien de plus classique, donc, mais que ce classicisme, ainsi porté, était sexy ! Pendant qu'il m'ouvrait la portière, je me concentrai sur ma démarche. Je voulais qu'elle soit la plus élégante possible pour être à la hauteur de cet homme, beau comme un dieu, qui me souriait.

Arrivée près de lui, il m'embrassa sur la joue. Un délicieux frisson s'empara de moi. Sa main frôla mon épaule et je me sentis la plus désirable des femmes. Nous roulâmes en silence, écoutant la musique, et échangeant des regards complices. Puis nous arrivâmes dans un restaurant étoilé du douzième arrondissement muni d'une terrasse à la vue impressionnante : les toits, les monuments, la tour Montparnasse et, bien sûr, la tour Eiffel s'offraient à nous, juste pour notre plaisir. La soirée se déroula comme dans un rêve.

— Alors, Camille, comment allez-vous ? Je veux dire… vraiment ?

— Aussi bien que possible, Armand, dans ces circonstances, mais… justement… j'aimerais, ce soir, oublier tout ça. Juste profiter du moment présent. Vous me trouvez égoïste ?

— Pas du tout. Je trouve cette attitude très saine. Et il m'arrive souvent de la conseiller aux parents ou amis de mes patients, à l'hôpital.

Le serveur vint à cet instant prendre notre commande. Dès qu'il fut parti, Armand se pencha en avant comme pour me faire une confidence et me dit :

— Vous êtes très belle ! Je n'ai cessé de penser à vous. Je me demandais dans quelle mesure je pouvais vous courtiser compte tenu de la situation.

— Me courtiser, ça se dit encore ça ?

— Moi, oui, répondit-il en souriant. Je suis de la vieille école.

J'éclatai de rire, cela me fit un bien fou.

— Merci du compliment, Armand.

Je n'avais d'yeux que pour lui. Chaque fois qu'il souriait, je nous imaginais nous promenant avec un petit garçon qui aurait le même pli aux lèvres que son père, là, au coin. Quand il me disait combien j'étais belle, c'est notre fille que je visualisais, perchée sur ses épaules. Elle me ressemblerait mais serait aussi pourvue de ses magnifiques yeux bleus. Je m'efforçais de noter dans ma mémoire chaque détail de cette soirée, pour pouvoir, dans vingt ans, lorsque nous serions tous réunis autour d'un sapin, raconter à nos enfants et petits-enfants comment j'avais rencontré leur père et grand-père.

Au retour, Armand conduisit avec une main, tandis que l'autre maintenait fermement la mienne qui n'avait, d'ailleurs, aucune envie de s'échapper. Galant, il descendit m'ouvrir la portière, et sous le porche de mon immeuble, m'embrassa tendrement au coin de la bouche, une interrogation dans le regard.

Je m'apprêtais à lui proposer de monter pour un dernier café, quand l'horreur se produisit : dix langues visqueuses déclarèrent la guerre à mon gosier. Face à cette invasion buccale, je suffoquai, stupéfaite. Croyait-il vraiment m'embrasser, là, en fourrant toutes ces langues gluantes au fond de ma gorge ? Beurk ! Beurk ! Beurk ! Je le repoussai brusquement contre le mur. Un peu étourdi et surpris, Armand s'essuya la bouche en souriant :

— Excuse-moi, je mourais d'envie de t'embrasser !

M'embrasser ? Il était sérieux là ? Comment pouvait-il appeler cette agression linguale un baiser ?

— J'aurais dû te demander avant. Je peux ?

Recommencer ? Euh, non, pas question !

— Euh, non, non, dis-je, en attrapant la poignée de la porte cochère. Merci pour la soirée, mais… je ne peux pas… tu comprends… dans les circonstances actuelles…

— Bien sûr, bien sûr ! Je comprends. Merci pour cette soirée. C'était un plaisir pour moi aussi. Je te laisse alors. Bonne nuit.

— Oui, à toi aussi.

— À demain !

Arrivée chez moi, j'envoyai mon manteau, mon sac et mes chaussures aux quatre coins de la pièce avant de m'affaler sur le lit. Je me relevai d'un coup pour aller rincer ma bouche des restes de cette agression et revins m'avachir à nouveau sur le lit, la tête entre les mains. Seuls les possesseurs d'appareils dentaires des années 1990 embrassaient encore comme ça. J'avais dû rêver. Ou était-ce l'émotion ? Armand avait tellement envie de moi qu'il s'était précipité et s'y était mal pris ? Oui, oui, ça devait être ça, il avait dû agir sous le coup d'une émotion trop forte.

Comme d'habitude, je me rassurais en essayant de faire entrer à tout prix l'élu de mon cœur dans le cadre de mes fantasmes : octroyer à l'autre des qualités qu'il n'avait pas, enduire ses défauts d'un vernis qui, pourtant, je le savais, craquerait à la première secousse… Personne n'aurait pu m'enlever mon rêve d'avoir un jour, moi aussi, ma famille idéale : une petite fille rieuse, qui me ressemblerait et aurait les yeux de son père, et un petit garçon, qui serait le portrait de son papa en miniature. Personne n'aurait pu me faire dévier de mon fantasme, pas même le gang des langues empotées ! Je m'acheminais toute seule vers mes désillusions. Comme une grande. Toujours est-il que, ce soir-là, j'allai me coucher rassérénée.

16

Depuis huit jours, nos vies étaient suspendues à un fil : huit jours que la maman de Pedro et sa sœur priaient de toute la force de leur amour leur Dieu de miséricorde pour sauver Pedro, huit jours qu'Ariane refusait de voir sa fille, huit jours que ma sœur refusait de manger au point que les médecins avaient menacé de la mettre sous intraveineuse, huit jours aussi que j'étais amoureuse.

Je venais d'arriver à l'hôpital, après une nuit peuplée de rêves étranges où je n'avais pas réussi à fermer l'œil : des créatures visqueuses s'enroulaient autour de ma gorge, elles cherchaient à m'étouffer et menaçaient de s'en prendre à ma sœur et à Amarilla. Au pied de l'ascenseur, je rencontrai la mère de Pedro, qui, contrairement à moi, affichait une mine radieuse. Elle m'affirma que nous passerions une journée merveilleuse : elle avait reçu le message d'un ange pendant la nuit. Je souris, sans la contredire, en appuyant sur le bouton quatre. Une jeune femme qui tenait la main d'une petite fille me sourit en retour. Impossible de savoir si elle se moquait de la naïveté d'Abuela ou si, au contraire, elle abondait en son sens.

Arrivées devant la chambre d'Ariane, nous entrâmes sans prévenir. Il régnait un silence étrange dans la pièce. Presque solennel. Je reconnus l'aide-soignante qui se tenait aux côtés de ma sœur. C'est celle qui avait affirmé que nous avions de la chance que les trois protagonistes de cette triste histoire soient réunis dans le même hôpital. Je ne sus jamais ce qu'elle avait raconté à Ariane, ni même si elle était responsable du coup de théâtre de ce matin-là.

— Vous êtes restée bien silencieuse, mais je sais que vous m'avez écoutée, était-elle en train de lui dire au moment où nous les surprîmes.

En nous voyant, Ariane se redressa. Elle adressa un petit sourire de remerciement à l'aide-soignante, puis lâcha :

— D'accord.

Abuela et moi échangeâmes un regard. Peu importe ce que cachait ce mot, nous partagions une certitude : il était prononcé avec une telle douceur qu'il semblait ouvrir la porte à une promesse d'espoir et de guérison.

— Je suis fière de vous, Ariane. Vous venez de prendre la plus belle décision de votre vie. Pas la plus facile, mais la plus belle. Quoi qu'il arrive désormais, n'oubliez jamais que vous avez eu le choix. Nous l'avons toujours. Et vous avez été assez forte pour accepter de relever ce défi. On l'amène maintenant ?

— Oui.

L'aide-soignante s'en alla. Abuela et moi, nous avançâmes doucement et nous assîmes face à l'entrée. On aurait dit deux spectatrices clandestines dans une salle de spectacle, cherchant à rester discrètes jusqu'au lever du rideau. Nous commencions à comprendre et jouions notre rôle de figurantes à la perfection. Ariane, elle, fixait la porte comme si elle ne nous avait pas vues.

Au bout d'un très court laps de temps qui me sembla infini, la pédiatre entra. Elle poussait devant elle le petit berceau vitré d'Amarilla, qu'elle positionna contre le lit d'Ariane. Celle-ci se pencha vers son enfant, et, l'espace de quelques secondes, le face-à-face de la mère et de la fille, regards convergents et échanges muets, fut presque insoutenable d'émotion. Ariane scruta ensuite chaque centimètre carré de son corps, avant d'attraper la minuscule main tendue du bébé.

— C'est normal que sa main soit si petite ? demanda-t-elle.

— Les mains et les pieds des enfants trisomiques sont plutôt petits, mais vous savez, tous les parents trouvent que leur bébé a des mains minuscules.

Ariane examina attentivement le visage d'Amarilla :

— Elle ressemble à son père, en fait. On dirait juste qu'il l'a eue avec une femme asiatique.

Amarilla avait et a toujours le visage plutôt rond avec un nez dont la racine est aplatie. Les fentes de ses paupières sont orientées vers le haut et son apparence peut effectivement évoquer les peuples de Mongolie dont le visage nous paraît jovial.

— Elle a une taille normale ? questionna Ariane à nouveau.

— Oui. Mais la taille est souvent normale à la naissance. La croissance ralentit dans les premières années, et la taille définitive restera inférieure à la normale.

Ariane écouta, puis reporta son attention sur Amarilla.

— Je ne m'attendais pas à ce qu'elle puisse ressembler autant à Pedro.

— En fait, contrairement au lieu commun comme quoi tous les enfants trisomiques se ressemblent, en vérité, ils tiennent eux aussi de leurs parents. Ils ont, entre eux, des traits communs découlant de leur anomalie génétique, mais les similitudes physiques avec leurs parents sont bel et bien réelles.

— Elle va bien ?... Je veux dire, à part ça...

— Je reviendrai vous voir plus tard. Je vous donnerai les résultats des examens qui ont été effectués. Je n'en sais pas plus pour le moment. Mais elle est adorable. Assez calme, en fait. Et l'on sait déjà qu'elle adore les bains !

La pédiatre sourit largement à Amarilla en disant cela.

— Je vous laisse ensemble ? Prenez tout le temps qu'il vous faut pour faire connaissance. Elle vient de prendre son repas et est généralement calme après.

— Oui, mais donnez-la-moi, s'il vous plaît. J'ai peur de ne pas savoir m'y prendre.

— C'est normal, la plupart des primipares ont la même appréhension.

Ariane leva alors un regard sinistre vers moi et, silencieusement, ensemble, nous pensâmes très fort : « Non, elle n'est pas primipare, elle a déjà accouché d'un enfant. » Ni Abuela ni la pédiatre qui se penchait pour prendre Amarilla dans ses bras ne furent témoins de cet échange silencieux. Et, pour la première fois, ma sœur accueillit dans ses bras un enfant. Un nouveau-né sorti de son ventre. Ma gorge se serrait à m'en faire mal tant j'étais émue.

— Ça va aller ? demanda la pédiatre.

— Euh… oui, je crois, répliqua Ariane.

Abuela regardait sa petite-fille avec attendrissement :

— Qu'elle est belle ! On dirait Pedro bébé.

Ariane ricana : il ne lui semblait pas que Pedro fût né trisomique !

— Ma fille, je regarde Amarilla avec les yeux du cœur. Et je ne vois en elle qu'amour, beauté… et Pedro !

Abuela éclata de rire et nous l'imitâmes.

Je me rapprochai à mon tour, et, ensemble, à nous trois, nous enveloppâmes Amarilla d'un pacte silencieux. Nous ne la contemplerions qu'avec ces yeux-là, les seuls qui comptent : les yeux de l'amour. Un amour inconditionnel.

— Je te le promets, ma petite nièce, je te le promets, murmurai-je.

Ni Ariane ni Abuela ne me demandèrent ce que je voulais dire. Elles avaient compris.

17

Trois jours après la rencontre tardive, mais combien émouvante, entre la maman et sa fille, Ariane et Amarilla reçurent la visite de Josiane et de son fils Eliott. C'est en leur présence qu'Ariane apprit les résultats des tests de santé d'Amarilla de la bouche de la pédiatre.

— Tout d'abord, je dois vous dire que votre fille se porte bien. Comme vous avez déjà pu le constater, elle est assez curieuse et observe tout ce qui se passe autour d'elle. Les résultats d'examens sont excellents : l'échographie cardiaque a révélé qu'elle a échappé aux malformations cardiaques présentes dans quarante pour cent des cas de trisomie. De même, elle n'est pas porteuse d'une malformation digestive ou rénale. Elle n'est pas née non plus avec une cataracte congénitale. Cela ne veut pas dire qu'elle ne devra pas porter plus tard des lunettes. Simplement, elle aura les mêmes probabilités d'être myope qu'un autre enfant. Je n'ai donc pour vous que des bonnes nouvelles !

La pédiatre jeta un œil sur Amarilla qui était sur les genoux de Josiane et reprit :

— Cependant, et comme je vous l'ai dit, de par cette anomalie, son développement psychomoteur sera retardé. Elle parlera, marchera et fera la plupart des gestes du quotidien plus tard que les autres enfants. Mais les évolutions sont différentes d'un individu à l'autre et l'on ne peut faire de généralités. Avez-vous des questions ?

Le regard d'Ariane se posa sur Josiane.

— À partir de quand bénéficie-t-on d'une prise en charge pour améliorer sa motricité, son langage, tout ce dont vous m'avez parlé, pour l'aider à progresser ?

— Vers huit mois, vous pourrez entamer les démarches pour l'inscrire à un SESSAD. Désolée pour le jargon, c'est le service d'éducation spéciale et de soins à domicile. Une éducatrice viendra, en principe, deux fois par semaine lui proposer un travail de stimulation et d'éveil.

— Cécile ira chez la dame ? demanda soudain Eliott qui, jusque-là, regardait par la fenêtre et semblait fasciné par le spectacle extérieur.

— Peut-être pas Cécile, mon chéri. Tu sais, il y a plein de dames qui font le même travail que Cécile.

— C'est que des dames qui font ce travail ?

À cette question, Ariane et Josiane éclatèrent de rire :

— Non, tu as raison, mon chéri. Les messieurs aussi peuvent l'exercer ! Et qui sait ? Peut-être que ce sera un monsieur qui s'occupera d'Amarilla…

La pédiatre, qui avait aussi été amusée par la question d'Eliott, prit congé en précisant à Ariane qu'elle était à sa disposition si elle avait d'autres questions.

— Oui, j'ai une requête à vous faire, déclara Ariane d'un air grave.

— Oui ?

— Je veux voir Pedro.

La requête était formulée calmement, mais fermement. La femme médecin, qui avait maintenant suffisamment d'expérience pour deviner les raisons profondes cachées derrière de simples requêtes, opina gravement :

— Très bien. Je m'en occupe.

— Merci. J'ai une autre requête.

— Oui ?

— Je veux y aller avec Amarilla.

— D'accord. Je vous organiserai ça et je viendrai vous chercher le moment venu.

— Merci.

— De rien. Votre requête est tout à fait légitime.

Le lendemain, à dix heures pile, plusieurs personnes furent témoins d'une délégation solennelle qui sortit de la chambre 446 et parcourut le couloir du quatrième étage jusqu'à l'ascenseur. La pédiatre et Ariane ouvraient la marche. Ma sœur portait Amarilla dans une chaude et douce couverture jaune. Abuela, Maria et moi les suivions.

Armand, que j'avais prévenu, vint nous rejoindre à l'entrée de la chambre de Pedro. Il m'adressa un petit clin d'œil et je me demandai si quelqu'un d'autre que moi l'avait noté. Abuela pénétra en premier. Elle n'avait eu le droit de rendre visite à son fils que deux fois cinq minutes depuis son arrivée. Elle s'avança vers son corps allongé. Recouvert d'un drap blanc, Pedro semblait dormir, relié à une batterie d'appareils. Son crâne était entouré d'un bandage qui dissimulait mal son visage tuméfié. Un tuyau sortait de sa bouche. Des larmes coulèrent lentement sur les joues d'Abuela pendant qu'elle monologuait en espagnol. Après un moment, nous la rejoignîmes. À bout de bras, Ariane approcha Amarilla du visage de Pedro et déclama d'une traite :

— Eh ! Espèce de grand lâche ! Désolée, Abuela, mais je dois lui dire le fond de ma pensée. Tu n'as pas l'intention de me laisser seule avec ta fille, hein ? Tu l'as voulue, elle est là. Amarilla, tu voulais lui donner ce nom ridicule, eh bien, voilà, c'est fait ! J'ai pris sur moi, je te jure, pour l'accepter et je prends encore sur moi, là. Mais maintenant, c'est ton tour, tu vas arrêter de jouer la Belle au bois dormant et venir t'en occuper, tu entends ?

Nous restâmes muettes de surprise. Nous nous étions tellement attendues à une grande scène romantique, où Pedro, sentant à ses côtés la présence des femmes de sa vie, se réveillerait et nous sourirait. Abuela suffoquait d'indignation. Mais Ariane s'en fichait et continuait en haussant la voix :

— Eh, Pedro… Je sais que tu m'entends… Alors, écoute-moi bien ! On a toujours le choix, c'est ce que tu disais, non ? Alors, t'as intérêt à décider de ramener vite fait tes fesses plates à force d'être assis sur une moto ! Tu comprends ?

Ariane hurlait maintenant de douleur :

— Tu les vois là, comme elles te regardent ? Elles sont persuadées qu'elles vont assister à la grande scène du retour de Martin Guerre. Alors, joue-la, ta scène ! Je t'offre ton quart d'heure de gloire. Bouge ton petit doigt ou ta paupière, je m'en fiche. Mais réveille-toi, nom de Dieu ! Réveille-toi !

Maria se précipita pour reprendre Amarilla, mais Ariane, contre toute attente, posa délicatement l'enfant contre le flanc de Pedro. Elle s'accroupit à son chevet, et, d'une voix devenue suppliante, répéta :

— Pour elle, pour elle, pour elle… Ne lui fais pas ça.

Nous voulions toutes voir cesser sa souffrance. Ses larmes entraînaient les nôtres dans leur sillage. Seule Amarilla restait stoïque, elle ne semblait pas être consciente de l'atmosphère de tristesse qui régnait dans la chambre.

L'obstétricienne finit par tapoter l'épaule d'Ariane.

— Ça suffit, il faut le laisser. À partir d'aujourd'hui, vous pourrez passer un moment avec lui chaque jour.

Ariane sortit précipitamment de la chambre, en confiant Amarilla à Maria. Elle ne nous attendit pas à l'ascenseur et s'enferma dans un profond silence jusqu'au jour fixé de son départ. Je savais à quel point elle avait peur de rester seule, en tête à tête avec cet être étrange qui était non seulement un bébé, mais aussi un bébé pas comme les autres.

Le jour du départ, nous étions en route pour aller rendre visite à Pedro lorsque nous croisâmes dans le couloir un jeune homme d'environ vingt-cinq ans hurlant son désespoir d'avoir perdu sa femme. Il était dans la salle d'accouchement lorsqu'une hémorragie s'était déclarée pendant la césarienne. On avait emmené sa femme d'urgence dans un autre service, avant de lui annoncer une heure plus tard son décès. Les médecins n'avaient rien pu faire. Le bébé se portait bien. Le désespoir de cet homme sembla ébranler profondément Ariane qui se mit à pleurer. Elle s'adossa au mur et serra fort sa fille contre elle. Elle pleurait encore en entrant dans la chambre de Pedro. Elle déposa Amarilla contre la poitrine de son père et chercha sa main sous le drap, avant de prendre la parole :

— Je t'aime, tu sais, je t'en prie, ne nous laisse pas. Je t'avais interdit de me dire ces mots et je ne te les ai jamais offerts. En fait, je ne savais pas qu'ils étaient là, en moi, tapis, prêts à sortir. Ils étaient là, bien malgré moi, malgré les barrières que j'avais érigées pour les empêcher de te trouver. Je rentre aujourd'hui avec ta fille. Amarilla. Si tu la voyais ! Elle te ressemble tellement ! On viendra te voir tous les jours. Prends le temps qu'il faudra, mais ne nous abandonne pas. Je t'attendrai. Nous t'attendrons.

Abuela se mit à pleurer à chaudes larmes. Maria et moi, plus discrètement. Armand nous avait rejoints et suivait attentivement l'un des appareils qui étaient reliés à Pedro.

Tout s'enchaîna alors très vite.

— Il a bougé ! Il a bougé, s'exclama Ariane.

On entendit le bip d'un appareil qui s'accélérait. Armand vérifia plusieurs boutons. Pedro souleva péniblement une paupière, il semblait désespérément essayer de la garder ouverte. On nous fit toutes sortir pendant que l'on s'affairait autour de lui. Bientôt, Armand vint nous retrouver. Il posa sa main sur l'épaule d'Ariane et, souriant, nous annonça :

— Le plus dur est passé. Ça va aller maintenant !

Nous nous jetâmes dans les bras les unes des autres. Riant, pleurant, attirant sur nous la curiosité des malades et des visiteurs. La force de notre soulagement était à la hauteur de l'angoisse qui nous avait étreintes. Nous ne rentrâmes pas tout de suite ce jour-là. Nous restâmes encore une heure jusqu'à ce que l'on nous autorise à revoir Pedro. Nous laissâmes Ariane et Amarilla entrer en premier :

— Moi aussi, je t'aime, furent les premières paroles de Pedro.

Puis il ajouta :

— J'ai eu de la chance ! J'ai choisi le meilleur endroit au monde pour avoir un accident, et mes yeux voient la plus belle chose qui soit : Amarilla.

18

Tout le monde sait que, lorsqu'un enfant naît, il en est de même d'une maman. Ariane, bien qu'ayant déjà accouché, était mère pour la première fois. Persuadée d'être dépourvue d'instinct maternel, elle se montrait maladroite et impatiente avec Amarilla et la regardait souvent comme un être étrange. Pour l'aider en l'absence de Pedro, je pris des congés à mon travail et m'installai avec Abuela dans la chambre d'amis. Nous préparions et donnions les biberons à tour de rôle. Abuela montrait à Ariane les gestes : comment porter le bébé en maintenant son cou dans le prolongement du corps, comment la changer, comment lui faire prendre son bain…

Il était difficile de ne pas s'attacher instantanément à ma nièce. C'était le plus adorable des bébés. Toujours d'humeur égale. Du moment que ses besoins primaires (faim, soif, propreté, câlins, sommeil) étaient comblés, elle était heureuse et nous rendait heureuses, sa grand-mère et moi.

Deux jours après notre retour à la maison, je surpris Ariane dans la chambre d'Amarilla. Elle était assise sur un fauteuil dans un coin de la chambre. Les coudes posés sur les accoudoirs, les paumes de main pressées l'une contre l'autre, je me demandai à quoi elle songeait. La naissance d'Amarilla avait forcément fait remonter certains souvenirs à la surface et je soupçonnais ma sœur, malgré son tempérament de fer, de repenser souvent à cet autre bébé, son premier-né, cette petite fille dont elle ne connaissait même pas le prénom et qui aurait dû être la sœur aînée d'Amarilla. Cette enfant née de la rencontre avec Aidan, elle l'avait portée neuf mois dans son ventre, mais jamais tenue dans ses bras. J'aurais voulu la conforter, la soulager, mais Ariane gardait ses émotions bien à l'abri des regards, et je ne souhaitais pas réactiver nos disputes.

Ce soir-là, c'était la première fois que je m'autorisais une sortie avec Armand. Il comprenait que nos rendez-vous soient espacés du fait de la situation de ma sœur, mais s'impatientait quand même. J'avais, moi aussi, envie de vivre pleinement notre début de relation. Et, avec lui, je tenais ma revanche : moi, la bonne élève, stable professionnellement, prête à fonder une famille, je n'avais cessé jusqu'ici d'accumuler les histoires sans lendemain alors qu'Ariane, qui balançait les affaires de ses amoureux par la fenêtre au moindre écart, attirait des hommes comme Pedro, désireux de mener une vie de couple. Avec Armand, ce cercle maudit allait bientôt prendre fin et j'allais enfin vivre pour moi, et pour moi seule. Dans mon bain chaud, les pensées d'Armand et d'Amarilla se succédaient dans ma tête et les deux déclenchaient un sourire heureux sur mon visage.

Armand vint me chercher dans sa rutilante voiture et je fus, comme les autres soirs, émue et émerveillée de sa prestance et de sa beauté. Je m'étais vêtue d'une de mes robes préférées, de couleur fuchsia, avec un col en V qui tombait sur mes épaules et créait un décolleté affriolant sans être vulgaire. Sa longueur, juste au-dessus de mes genoux, mettait en valeur mes mollets que je savais joliment arrondis. De splendides chaussures satinées agrémentaient la tenue, ainsi qu'une paire de boucles d'oreilles en rubis que je m'étais offerte avec mon premier salaire.

Armand m'emmena dans un restaurant qui lui ressemblait, élégant, raffiné, et où le personnel semblait prêt à répondre à nos moindres désirs. Je me fis la réflexion que, oui, je me verrais bien m'habituer à ce monde-là.

— Enfin, j'arrive à te voir ! commença-t-il, en me prenant la main.

— Oui, je suis désolée, Armand. Ce n'est pas simple pour moi, en ce moment, avec ma nièce.

— Oui, j'imagine. Comment va-t-elle ?

— Elle est adorable ! Tellement calme, et gentille comme tout.

— Tant mieux ! Ce n'est pas toujours le cas. Ta sœur a de la chance. Et pour elle ? Comment ça se passe ?

— Je ne sais pas trop, en fait. Elle est contente que l'on soit là, la mère de Pedro et moi pour l'aider, et elle ne s'impose jamais pour s'occuper un peu plus de la petite.

— Ça viendra petit à petit, laissez-lui le temps. Après tout, elle a eu moins de trois mois pour se préparer à être mère.

— C'est vrai. J'ai tendance à l'oublier, répondis-je en souriant.

— Camille, je ne te l'ai jamais demandé directement, mais… tu as quelqu'un dans ta vie ?

Il posa la question doucement, comme s'il craignait ma réponse.

— Non. Personne. Sinon, je ne serais pas assise ici avec toi.

— Je préfère quand même m'en assurer.

— Et toi ?

— Personne, non. J'ai probablement beaucoup de défauts, mais je suis fidèle dans mes relations : amicales comme amoureuses.

Je poussai un soupir de soulagement :

— Ça nous fait un point commun, alors.

— Alors, raconte-m'en un peu plus sur toi.

Je lui parlai de mon travail à la banque, monotone et exigeant, et qui me pesait de plus en plus. Aucune créativité ne m'était octroyée dans ce travail, alors même que je me sentais la fibre d'une Coco Chanel. Je lui annonçai mon projet de lancer ma marque de vêtement, autour de la féminité assumée. Il m'observa de pied en cap et me donna son avis :

— Je veux bien te croire ! Tu maîtrises ton sujet.

— Merci.

Par chance, il ne me posa aucune question sur mes parents. Je n'aimais pas aborder ce thème. En revanche, je l'incitai à parler des siens :

— Lui, chirurgien à la retraite. Elle, toujours chercheuse au CNRS.

— Wow ! Je suis impressionnée, là !

— Ils ont été les parents les plus adorables du monde ! Je suis fils unique, mais nous habitions dans le même immeuble que mes cousins qui ont, respectivement, un an de plus et un an de moins que moi. J'ai donc grandi comme dans une fratrie de trois garçons. De plus, du fait des professions un peu particulières de mes parents, j'étais plus souvent chez mes cousins qu'à mon domicile. J'ai eu une enfance et une adolescence vraiment magiques !

— Et tu as pris la suite de ton père. C'est ce que tu voulais ?

— J'hésitais entre chirurgien et pilote de ligne. J'ai choisi le premier comme métier, et le deuxième comme hobby.

— Tu pilotes des avions ?

Il rit de bon cœur, je devais avoir l'air éberluée.

— J'ai ma licence de pilote privé, oui. Je ferai un petit vol de routine avec toi, si tu veux.

— Euh… tu es sûr ?

— Tu ne me fais pas confiance ?

— C'est pas ça, mais bon. Ces coucous-là, je n'ai jamais trouvé ça très rassurant. C'est pas dans ce genre d'avion qu'il a eu son accident, John John Kennedy ?

Il éclata de rire à nouveau.

— Bon, je vois que la confiance règne ! On attendra encore un peu. On planifiera ça seulement quand tu seras prête.

Le reste de la soirée se déroula dans une belle complicité. Dès notre sortie du restaurant, je me mis cependant à appréhender le baiser d'au revoir. Confortablement installée dans l'habitacle de la voiture, je regardais Armand de biais. Comment un homme aussi beau pouvait-il embrasser aussi grossièrement ? Il n'avait pas dû avoir du mal pourtant à trouver des candidates pour s'exercer.

Trop rapidement à mon goût, la voiture se gara devant mon immeuble. Quand je sortis, il me prit la main et me plaqua doucement contre la portière. Voilà, le moment de vérité était arrivé. Je le regardai approcher ses lèvres, le sourire un peu crispé et… ce fut de nouveau la catastrophe ! Au moins, étais-je avertie cette fois-ci ! Je subis, une fois encore, cette invasion buccale pendant laquelle j'essayai tant bien que mal de rester stoïque. Je me dégageai assez rapidement de ses bras ensuite. Nous nous souhaitâmes bonne soirée et je rentrai chez moi, dépitée. Ce baiser aurait dû être le point d'orgue de cette magnifique soirée. Il n'en fut rien. Pourtant, pas un seul instant, je ne remis en question le fait qu'Armand était l'homme de ma vie.

19

Il se passa, la semaine suivante, un de ces événements que, personnellement, je refuse d'appeler coïncidence. Alors que nous étions gênés par des bruits de déménagement sur le palier, je sortis pour voir ce qu'il se passait. Je tombai sur Max, le voisin très sympathique d'en face, qui m'annonça son départ pour l'Australie. Il avait toujours rêvé d'y aller et profitait d'une opportunité professionnelle pour s'y expatrier.

— Wow ! Super ! Tu pars pour combien de temps ?

— J'ai un contrat de trois ans pour commencer. Après, on verra.

— Et tu pars quand ?

— Dans cinq jours, en fin de semaine. Tout s'est décidé très vite. Je n'ai pas vraiment eu le temps de m'organiser. Heureusement un appartement m'attend là-bas ! Là, je déménage un maximum de mes affaires. Elles vont squatter le garage de mes parents. De toute façon, ils n'y garent jamais leur voiture, alors...

— Eh ben !

— Comme tu dis ! Et Ariane ? Comment va-t-elle ? Et son bébé ?

— Elles vont bien toutes les deux.

— Tu l'embrasseras pour moi. Dis-lui de passer me voir à Sydney si un jour elle traverse l'Australie ! Telle que je la connais, c'est pas un bébé qui va la freiner !

— OK, je lui dirai !

— Bon, faut que je me dépêche, là ! Je voudrais avoir terminé aujourd'hui pour avoir le temps de rafraîchir un peu les murs avant de partir. Pour le nouveau locataire !

— Il y aura un nouveau locataire ? Je croyais que tu étais propriétaire ?

— Je le suis, mais il faut bien que les traites soient payées en mon absence, dit-il en riant.

— Et il emménage quand ?

— Aucune idée, je n'ai pas encore placé l'annonce.

— Ah, OK ! J'espère que tu passeras nous dire au revoir, avant de partir.

— Promis ! Allez, salut.

Max alla ouvrir l'ascenseur à deux jeunes hommes qui n'avaient visiblement pas apprécié notre petite causerie pendant qu'ils s'affairaient à sortir les cartons.

— Oh ! Merci, c'est trop gentil, Max, de nous tenir l'ascenseur ! C'est pas trop dur ?

Dès que je fis part de la nouvelle à Ariane, elle se précipita sur le palier et demanda à Max tout de go :

— Tu le loues combien, ton appart ?

Il lui donna le montant.

— C'est bon, ne cherche plus ! Tu l'as ton locataire !

— Ah bon ! Qui ?

— Pedro !

— Il sort bientôt, alors ?

— Dans une semaine, si tout va bien. Tu as donc le temps de passer un coup de peinture sur les horreurs que tu as dessinées sur les murs de ta chambre. Mais tu peux laisser les meubles du salon, ton ex avait plus de goût que toi…

— Yessss ! crièrent en chœur les deux copains, trop heureux de ne pas avoir à déménager les meubles.

— Ça me va. Ouf! Tu vas me faciliter la vie, là !

— À moi aussi, crois-moi ! Alors, ça y est ? Tu touches ton rêve du doigt, là ?

— Oui ! Australie, me voilà ! Bon, je te laisse, faut qu'on termine là. Je passe te voir demain, ou après-demain. Si je n'ai pas le temps, tu verras ça avec mes parents.

— Ça te ressemble bien ça. Comment tu feras sans papa et maman, là-bas, hein ?

— J'aurai une copine, souria-t-il, malicieux.

Ariane leva les yeux au plafond et rentra.

20

Pedro put quitter l'hôpital une semaine après par une froide journée de décembre. Le soleil, malgré sa bonne volonté, ne pouvait adoucir les morsures brûlantes de l'hiver. Emmitouflées des pieds à la tête, Abuela et moi allâmes le récupérer à l'hôpital, laissant Ariane et Amarilla en tête à tête. Ça n'arrivait pas souvent.

Pedro, déjà prêt, nous attendait avec impatience. Abuela noua autour de son cou une écharpe qu'elle avait tricotée et il la remercia par un tendre baiser au-dessus du crâne. Au moment de partir, il chercha dans les couloirs son infirmière et son aide-soignante préférées. Il les serra contre lui et promit de revenir leur rendre visite. Nous prîmes ensemble cet ascenseur que nous avions tant occupé ces derniers mois et quittâmes les lieux.

Sur la route, Pedro, qui avait toujours détesté être enfermé, s'émerveillait de tout. La voiture le conduisait vers une vie différente de celle qu'il avait connue jusqu'ici. Je n'aurais su dire s'il ressentait de l'appréhension ou une confiance totale en l'existence à cet instant précis. La semaine qu'il avait passée entre la vie et la mort semblait avoir aiguisé ses sens et décuplé son désir de liberté et de bonheur. Il remarquait les motards bien avant moi, souriait aux cyclistes aux feux rouges, baissait légèrement la vitre pour humer l'air frais de ce matin d'hiver. Ses sensations s'étaient amplifiées après ce séjour à l'hôpital qui l'avait privé de tant de choses, dont la naissance de sa fille.

Il me raconta comment, le lendemain de sa sortie du coma, Ariane était allée lui rendre visite :

— Pedro, je dois te dire quelque chose.

Il s'était redressé sur son lit, attentif.

— Ça concerne Amarilla. Tu n'as rien remarqué, hier, quand tu l'as vue ?

— Non, pourquoi ? Elle ne va pas bien ?

— Amarilla est trisomique, Pedro...

— Quoi ?

— Amarilla a la trisomie 21. Elle ne sera jamais comme les autres enfants... Je t'avoue que j'ai peur, très peur, Pedro. Je ne sais pas comment on va y arriver. La pédiatre va venir te voir.

Il avait été sonné, bouleversé et avait immédiatement compris que se profilaient devant eux des mois et des années de batailles difficiles à mener.

— Je suis choqué, je te l'avoue, me confia-t-il dans la voiture. Mais nous demanderons de l'aide, nous nous battrons pour elle. Nous ferons le maximum pour vivre au mieux. Je suis tellement heureux de rentrer. J'ai déjà manqué les premiers jours de ma petite fille : là, nous allons nous rattraper !

— Ariane n'attend que ça, tu l'auras autant que tu voudras, ta petite ! Mais vas-y mollo quand même, les premiers temps...

— T'inquiète ! me répondit-il d'un air complice.

Pendant tout ce temps, Abuela le contemplait avec adoration. Elle se demandait sans doute comment elle avait fait pour mettre au monde une telle merveille.

— Arrête de me regarder comme ça ! s'écria Pedro en éclatant de rire.

Puis il la serra dans ses bras en l'entourant de toute sa tendresse de fils aimant. Ce tableau m'émut profondément. J'étais toujours bouleversée à la vue d'un parent et de son enfant qui, adultes, parvenaient à librement exprimer leur affection l'un envers l'autre. Si l'attachement viscéral entre le parent et son petit enfant semble aller de soi, dans le cas d'adultes, ce choix n'a rien d'évident et doit toujours être affirmé, confirmé.

Ariane et moi en savions quelque chose. Quand nous étions enfants, notre mère se montrait des plus tendres dès que notre père partait pour ses tournées de trois jours hebdomadaires. Il était VRP. Ces moments de bonheur prenaient fin environ une heure avant son arrivée. Soudain, la tension régnait dans la maison. Nous nous sentions coupables sans raison. Nous appréhendions son retour et le déluge de reproches qui jailliraient de sa bouche pour nous maudire. Et il ne nous décevait jamais. La maison n'était jamais assez propre, Ariane n'était pas assez présentable, moi, Camille, j'avais grossi, et pourquoi son pantalon était-il encore en train de sécher ? Seule trouvait grâce à ses yeux la cuisine de ma mère.

— C'est fou comme tu cuisines vite et bien, disait-il, ravi, quand maman improvisait un repas avec le contenu du frigo.

Puis il ajoutait aussitôt :

— Moi, je suis un excellent cuisinier. Mais j'ai besoin de prendre mon temps, d'avoir un plan de travail nickel, alors que, toi, tu peux cuisiner dans la saleté et le désordre le plus complet.

Ma mère se fermait alors comme une huître quand, nous, petites filles, peinions à comprendre comment le compliment initial avait pu si vite se retourner en reproche.

J'observai Pedro et sa mère et me jurai d'avoir, moi aussi, un jour, ce genre de relations avec mes enfants. Je mettrai, nous mettrons, mon mari et moi, toujours l'amour et le bonheur d'être ensemble au-dessus de tout.

Ariane nous attendait à la porte.

— Elle est dans son berceau.

Ce fut la seule phrase qu'elle prononça à notre arrivée. Il n'y eut ni manifestation de joie, ni effusion, ni même une bise. Pedro ne sembla pas s'en offusquer. Il l'entoura de son bras droit, lui embrassa tendrement le front, puis lui demanda doucement :

— Ça va, toi ?

— Oui, ça peut aller.

— Merci, Ariane.

— Pourquoi ?

— Pour tout. Pour Amarilla, pour t'en être occupée. Pour avoir assuré jusque-là. Pour avoir pensé à l'appartement d'en face. Pour m'avoir obligé à accomplir ce que je désirais depuis longtemps : fonder une famille.

— De rien.

Ariane feignait-elle l'indifférence ? Je crois que oui.

— Je te promets que je tiendrai tous mes engagements.

Il lui embrassa encore le front et se dirigea vers la chambre jaune. Il se pencha sur le berceau et, délicatement, avec une tendresse inouïe qui me fit venir les larmes aux yeux, il prit Amarilla et la posa sur sa poitrine. Nul autre qu'eux ne comprit la teneur de leur échange. Puis Pedro leva sa petite fille à la manière du Roi lion et lui promit :

— Je te promets la plus belle des vies, ma petite.

— Tu te prends pour Mufasa, ma parole ! lançai-je.

— Exactement ! Et j'ai une petite Amarilla-Simba.

Abuela secoua la tête, amusée, et repartit vers la cuisine.

— Tu viens visiter ton appartement, en face ? demanda Ariane.

— Tu veux dire notre appartement ?

— Effectivement, il y a de fortes chances pour que j'y sois plus souvent que toi. Chaque fois que ta fille ou toi allez me casser les oreilles, je te préviens, je vous laisse ici et je me barre en face !

— T'inquiète, je m'en doutais.

Pedro s'installa dans un canapé et posa Amarilla sur ses genoux, face à lui. Je rejoignis Abuela dans la cuisine, laissant cette nouvelle famille réunie pour la première fois.

— Elle est belle, dit Pedro, scrutant sa fille dans les moindres détails.

— C'est vrai, acquiesça Ariane, pensive.

— Elle va nous étonner, tu verras.

— J'ai peur, tu sais. Pour le moment, elle ressemble à un bébé ordinaire, mais ne t'y fie pas. Il faudra qu'on la surveille en permanence. Elle est plus perméable aux maladies que les autres bébés. Que ferons-nous si, en plus de son handicap, elle développait une autre affection ?

— Sa trisomie, Ariane, sa trisomie. Pas son handicap. Je n'userai jamais de ce mot en parlant de ma fille. Qui te dit que nous n'avons pas nous aussi des handicaps comparés à elle ? Quant aux maladies, dis-moi, Ariane, as-tu eu des maladies infantiles ?

— Euh, oui, pourquoi ?

Ariane ne comprenait pas où Pedro voulait en venir.

— Eh bien, moi, non ! Aucune ! À chaque fois que l'une de mes sœurs en chopait une, ma mère me faisait dormir dans son lit, histoire que je l'attrape et qu'elle nous soigne en même temps une bonne fois pour toutes.

— Sérieux ?

— Oui.

— Et ça n'a pas marché ?

— Pas une seule fois !

Ils éclatèrent ensemble de rire, puis Pedro reprit :

— Tu vois, aucun enfant ne réagit comme les autres.

— Pedro, je vois ce que tu veux dire, mais arrête de faire comme si Amarilla était un bébé ordinaire !

Ariane avait levé la voix.

— J'ai compris qu'elle n'était pas un bébé ordinaire. Mais tu sais quoi ? Chaque chose en son temps. Il arrivera ce qu'il arrivera et nous y ferons face à ce moment-là. Mais une chose à la fois ! Je te demande juste une chose : vivons le moment présent, veux-tu ? Le moment présent, c'est tout ce que nous avons, Ariane, et nous pouvons décider d'en faire exactement ce que nous voulons. Je refuse de gaspiller mon temps à m'angoisser pour des malheurs qui, peut-être, ne se réaliseront jamais.

— Mais il faudra bien que l'on pense à son avenir.

— Vrai ! Je sais qu'elle sera probablement sous tutelle toute sa vie. Mais ça n'empêchera pas qu'elle soit heureuse si nous l'accompagnons du mieux que nous pouvons. J'avais beaucoup de rêves pour Amarilla. Je devrai juste les changer, tout comme toi, j'en suis sûr. Et nous travaillerons au présent pour que ces rêves futurs, même s'ils sont plus modestes, se réalisent, mais c'est tout.

— OK. Sur ce coup-là, je te laisse prendre les rênes. J'ai tellement peur, tu sais, tellement peur…

Il lui fit signe de venir les rejoindre sur le canapé. Elle obtempéra et s'assit à leurs côtés, en soupirant.

— C'est un soupir de bonheur, j'espère ? demanda Pedro, malicieux.

Elle ne répondit pas, se contentant de regarder le rai de lumière qui traversait le salon.

Nous passâmes cette première soirée ensemble. Abuela et moi avions ramené du marché de quoi nourrir un régiment : pommes de terre aux calamars, empanadas fourrées à la viande, crème catalane… Toute la gastronomie espagnole s'était invitée à notre table. Amarilla, éveillée, fut témoin de nos rires, sourit à nos anecdotes sur le personnel médical féminin qui était toujours aux petits soins pour Pedro, et se moqua avec nous du caractère bien trempé d'Ariane, sa maman…

Après avoir débarrassé la table, Abuela et moi, d'un accord tacite, décidâmes d'occuper l'appartement d'en face, pour laisser à cette famille sa première nuit dans l'intimité. En la quittant, je fus incroyablement émue de déceler chez ma sœur une certaine sérénité. Pourvu que ça dure, me dis-je. Ce n'était pas gagné, mais elle revenait de si loin.

21

Amarilla venait de fêter son premier anniversaire. Cette année avait été riche en émotions pour nous tous, mais surtout pour Ariane et Pedro. Ariane avait commencé à apprendre son métier de maman, et, en parallèle, son métier de maman d'une enfant différente. Elle évitait désormais de s'emporter comme elle l'avait fait la première fois qu'une maman s'était penchée sur le landau d'Amarilla dans un parc.

— C'est un garçon ou une fille ? avait-elle demandé avant de se redresser brusquement et de faire un pas en arrière. Oh, mon Dieu ! Quelle malchance ! Ça doit être dur, hein ?

— Quoi ? Rencontrer des gens comme vous ? avait rétorqué Ariane.

— Avoir un enfant handicapé ! avait répondu la dame qui n'avait pas senti le danger et perçu les éclairs menaçants dans les yeux d'Ariane.

— Oh non, si vous saviez… Le plus dur est très certainement de devoir supporter les remarques débiles comme la vôtre, justement.

La dame s'en alla, honteuse.

Ce type d'attitude était monnaie courante. Certaines personnes, compatissantes, jetaient un regard navré sur Ariane et demandaient :

— Vous ne l'aviez pas détecté, pendant la grossesse ?

— Si, pourquoi ? rétorquait alors Ariane, l'air de rien.

— Parce que, euh… Non rien… Vous êtes bien courageuse !

Le sens de la repartie d'Ariane suffisait en général à les faire fuir.

En vérité, Ariane et Pedro avaient toutes les raisons d'être heureux. Ce n'était certes pas facile tous les jours. Il leur fallait souvent faire preuve de patience et de volonté. Josiane avait été d'une aide précieuse dans toutes les démarches : elle avait obtenu qu'une éducatrice spécialisée vienne deux fois par semaine entraîner Amarilla à des exercices de stimulation et d'éveil. Si la petite semblait particulièrement apprécier les exercices d'éveil, elle manifestait bruyamment sa désapprobation face aux exercices de stimulation. Ariane se retenait alors pour ne pas s'en prendre à l'éducatrice qui, d'après elle, maltraitait sa fille.

La carrière de Pedro avait pris fin avec l'accident. Il n'en manifestait jamais le moindre regret et collaborait désormais avec son ancien sponsor à la promotion des nouveaux champions. Il avait décidé de travailler à son rythme ou, plutôt, à celui d'Amarilla. Quant à Ariane, elle avait repris, depuis deux mois, son travail en free-lance. Si elle ne voyageait pas encore, elle se plaisait à enquêter sur les dernières tendances en matière de décoration et parvenait même à sortir de temps à autre. À la maison, c'est elle qui gérait les rendez-vous médicaux d'Amarilla, Pedro s'occupait des repas : Amarilla, qui avait des avis très tranchés sur les aliments, n'acceptait de faire des compromis qu'avec lui. C'est aussi lui qui, généralement, se levait la nuit en cas de besoin. Le bain était resté le moment préféré d'Amarilla et les deux parents se disputaient pour le lui donner.

Au cours de sa deuxième année, nous constatâmes qu'Amarilla progressait plus rapidement en compagnie d'autres enfants et il fut décidé qu'elle irait quatre fois par semaine chez une assistante maternelle. Tout comme pour l'appartement de Pedro, celle-ci vint à nous, sans que nous ayons besoin de la chercher.

Un jour que Pedro était au supermarché avec Amarilla dans les bras, il sentit une certaine animation dans son dos. En se retournant, il vit qu'elle essayait de s'emparer du foulard jaune d'une cliente. Celle-ci s'amusait à un jeu de cache-cache : elle se dissimulait, puis réapparaissait derrière son foulard. Amarilla manifestait sa joie par des éclats de rire et d'amples mouvements des bras. Peu à peu, toute la file s'était prise au jeu, riant au rythme des mimiques d'Amarilla.

— Elle adore le jaune, expliqua Pedro à la femme au foulard.

— Je vois ça ! répondit-elle, en souriant.

Voyant que Pedro peinait à mettre ses achats dans le cabas, elle lui offrit de l'aider en prenant Amarilla dans ses bras. Celle-ci s'y précipita immédiatement.

— Pardon, je ne me suis pas présentée : je m'appelle Françoise.

— Pedro. Enchanté.

— Mes enfants me disent que je suis intoxiquée : je suis assistante maternelle, en vacances actuellement, mais ils me manquent, mes petits bouts.

— Oh ! Et vous en avez combien ?

— Trois ! Mais il y en a un qui part bientôt, et ça me déchire le cœur de savoir que je n'aurai plus mon petit Gaétan à la maison. Et votre puce, sa maman travaille à l'extérieur ?

— Elle a repris le travail récemment. Ma mère et moi nous relayons auprès d'Amarilla.

— Elle s'appelle Amarilla ? Ça explique tout, avait dit Françoise en embrassant la petite sur le front.

— Oui, Amarilla. Nous devons lui trouver une assistante maternelle, mais bon, je crois que je traîne parce que j'ai peur qu'elle me manque.

— Où habitez-vous, si ce n'est pas indiscret ?

Quand elle entendit le nom de la rue, elle s'exclama :

— Non ? Vous plaisantez ? Vous êtes à peine à dix minutes de chez moi ! Écoutez, je vous propose de passer me voir avec votre épouse et Amarilla. Si le lieu et l'ambiance vous conviennent, je serai ravie de m'occuper d'Amarilla. Hein, ma puce ?

Amarilla manifesta bruyamment sa joie, entraînant leurs rires dans son sillage.

— Très bien, j'en dirai un mot à sa maman.

Pedro en avait parlé le soir même à Ariane :

— Tu lui as demandé si elle a déjà eu à s'occuper d'enfants trisomiques ?

— Non, c'est drôle, ça ne m'est pas venu à l'idée. Sa proposition a été tellement spontanée !

— Enfin, Pedro ! s'était exclamée Ariane, exaspérée.

— En même temps, je ne pense pas que la spécificité d'Amarilla lui ait échappé, tu ne crois pas ?

— Peut-être, bon, OK. Elle t'a fait vraiment bonne impression, alors ?

— Oh, que oui ! Tout à fait charmante ! Quant à Amarilla, elle lui a sauté dans les bras comme si elle la connaissait déjà.

— Amarilla saute dans les bras de tout le monde, je te signale, s'amusa Ariane, en montrant du doigt la petite fille qui tendait les bras au nounours géant qui traînait dans le salon.

— Pas faux ! Mais là... Il y avait quelque chose d'étonnant entre les deux.

— Bon, passe-moi le numéro, je vais l'appeler pour voir quelle impression sa voix me fait. Si c'est positif, je lui propose une rencontre pour samedi après-midi, ça te va ?

— Et si sa voix ne te plaît pas ?

— Je fais croire que c'est un faux numéro et on n'en parle plus, avait répondu Ariane du tac au tac.

— Le pire, c'est que t'en es capable !

— Et comment !

Ariane composa le numéro et le rendez-vous fut pris immédiatement. À Pedro qui l'observait d'un air goguenard, elle lança :

— Un seul mot et je dors en face cette nuit !

— Je n'ai rien dit ! avait-il rétorqué, en levant la main en signe de reddition.

Un mois après, Amarilla entamait sa première journée chez Françoise.

Françoise aimait les enfants, et Françoise aimait tout particulièrement Amarilla parce que, comme elle l'expliqua tout de suite à Ariane, elle avait eu un petit frère trisomique. Sa mère l'avait conçu sur le tard. Elle avait appris sa trisomie à la suite d'une amniocentèse et avait néanmoins décidé de mener la grossesse jusqu'à son terme. Son compagnon d'alors était plus jeune qu'elle et ce bébé, qu'elle avait souhaité pour renforcer leur amour, fut, malgré lui, l'élément déclencheur d'une série de tensions, de rancunes et de disputes qui provoquèrent la fin prématurée de leur union.

Françoise avait douze ans à la naissance de son petit frère, et, face à ce couple qui se déchirait, elle consacra tout son temps libre à cet enfant, avide de tendresse et si généreux en retour. Quand on diagnostiqua au petit Julien un diabète à l'âge de trois ans, la situation se compliqua. Françoise et sa mère découvrirent que le diabète était une bête sournoise, autrement plus difficile à combattre que la trisomie, avec ses multiples contrôles glycémiques qui devaient se faire à heures précises. Le diabète avait fragilisé l'enfant, l'avait rendu plus vulnérable face aux maladies, et avait créé des angoisses supplémentaires. Malgré sa maladie, le frère de Françoise avait été un rayon de soleil dans sa vie : aimant, sociable, câlin, il détestait l'injustice. Il avait fini par abandonner la lutte, à vingt et un ans, épuisé. Et ce jour-là, comme toutes les mères, celle de Françoise aurait tout donné pour garder encore auprès d'elle son enfant que nos sociétés ont tant de mal à accepter.

Françoise connaissait donc les particularités d'un enfant trisomique. Elle savait qu'Amarilla n'évoluerait pas au même rythme que les autres, mais elle goûterait aussi la saveur de ses progrès comme autant de victoires sur le sort. Au père de Léa, deux ans, une autre petite fille dont elle avait la garde, qui lui demanda si la proximité d'Amarilla ne risquait pas de porter préjudice à sa fille, elle répliqua avec sagesse :

— Non, pas du tout, les enfants trisomiques sont très aimants, Amarilla est sensible, spontanée, joyeuse, elle peut apporter beaucoup aux autres enfants, vous savez.

Ce fut pour nous un immense soulagement de savoir Amarilla entre de si bonnes mains. Amarilla, comme souvent les enfants différents, était entourée de beaucoup d'amour à l'intérieur du cercle familial ou amical. Mais, plus que la trisomie elle-même, ce que nous redoutions le plus, c'était l'environnement extérieur, le regard des inconnus. Quand elle sortait de son cocon protecteur, Amarilla pouvait alors se retrouver confrontée à la méchanceté et aux jugements. Avec Françoise, il n'en fut rien.

22

Ariane allait mieux. Je trouvais ma sœur plus sereine. Aux yeux de tous, elle semblait avoir acquis un nouvel équilibre dans sa vie. Moi seule décelais, de temps à autre, les lueurs tristes qui assombrissaient son regard quand elle regardait sa fille.

Ce jour-là, je l'avais accompagnée à la MJC du quartier. Amarilla avait fêté ses deux ans deux mois auparavant. Françoise, sa nounou, nous avait parlé d'une activité qui venait d'être mise en place en direction des tout-petits. Elle avait incité Ariane à y inscrire Amarilla, tant sa soif de socialisation était insatiable. Elle adorait avoir des copains, essayer de nouveaux jeux et leur apprendre les siens. Sa motricité s'améliorait de jour en jour et elle raffolait des objets, *tous* les objets, ce qui nécessitait une surveillance constante.

À la MJC, la préposée à l'accueil s'était absentée pour un moment et nous décidâmes de traîner dans les locaux. En poussant une porte, nous fûmes époustouflées de voir une aussi belle salle de danse. Le parquet, ciré, luisant, appelait à quelques pas. Les miroirs brillants attendaient de renvoyer le reflet d'une danseuse inspirée. Je me penchai, retirai mes chaussures, entrai presque religieusement dans la salle et entamai quelques pas sous l'œil ravi d'Amarilla.

— Toi et la danse, hein… Tu ne peux vraiment pas résister !

— L'appel de mon âme, répondis-je en me donnant un air grandiloquent.

— Oui, peut-être. Mais, en attendant, ton corps, lui, semble bien rouillé.

— Oh, méfie-toi ! Ça revient très vite ! Je parie que si je reprenais, je retrouverais très vite un excellent niveau.

— Mouais… depuis le temps que tu en parles…

— En voilà une qui est prête à commencer, en revanche !

Pendant que nous parlions, Amarilla piaffait d'impatience dans les bras d'Ariane. Nous lui enlevâmes ses chaussures et son manteau et je l'assis face au miroir. Debout derrière elle, je me mis à fredonner l'air de la vie en rose en simulant une valse. Ravie, elle gigotait joyeusement.

— Regarde ! Regarde ! me souffla Ariane doucement.

Amarilla s'était mise debout et esquissait ses premiers pas. Elle posait un pied devant, vérifiait dans le miroir sa stabilité, posait le second pied, et ainsi de suite. Elle fit six pas, avant de retomber sur ses fesses en tapant des mains. Ariane la souleva de terre pour la projeter dans les airs :

— Bravo ! Bravo, ma fille ! Tu sais marcher, ma grande !

À ce moment-là, quelqu'un poussa la porte et le charme fut rompu :

— Mais… Vous n'avez pas le droit d'être ici !

— Oh, il vient d'arriver une chose merveilleuse : elle marche, elle marche !

Je posai Amarilla à terre, et, sous nos yeux ébahis, elle transforma l'essai en avançant tout doucement.

— Vous voyez ? vous voyez ? dis-je en admiration.

La femme nous regarda sans bien comprendre. Nous passâmes devant elle, et, juste avant de sortir, je lui posai un baiser sur la joue :

— Votre salle est très belle, vous êtes belle, et la vie est belle.

Sur le chemin, nous nous arrêtâmes à l'épicerie pour une bouteille de champagne. Quand Pedro fut rentré, je le fis asseoir dans le canapé, poussai la table basse ainsi que le tapis et posai la petite ballerine au milieu de la scène. J'entonnai :

— Quand… il me prend dans ses bras… la vie en roooooose…

C'est alors qu'Amarilla se leva, regarda son père comme si elle était consciente de la solennité de l'instant, et se lança. La soirée fut empreinte de grâce et resta à jamais gravée dans nos cœurs. Celle-ci devait pourtant se terminer de manière inattendue.

23

Après le dîner, Amarilla, surexcitée, refusa de se coucher à l'heure habituelle. Pedro la prit avec lui et l'emmena dans sa chambre. Sa poitrine semblait avoir un effet magique quand il s'agissait d'endormir sa fille. Il alla donc s'allonger sur son lit, posa la petite tout contre lui, et entonna une comptine en espagnol.

Je m'apprêtais à rentrer quand j'aperçus glisser des larmes sur les joues de ma sœur.

— Ariane, tu pleures ?

Elle ne répondit pas tout de suite, se contentant de diriger vers moi son regard triste. Déconcertée, je pris sa main dans la mienne :

— Ariane, qu'est-ce qu'il y a ?

— Je n'étais pas là pour ses premiers pas…

— Oh, Ariane…

Je me tus. C'était la première fois qu'Ariane abordait le sujet d'elle-même.

— J'avais réussi, tu sais ? Je ne lui ai jamais laissé la possibilité d'entrer dans mon cœur, je n'ai donc pas eu à l'en chasser. J'étais presque parvenue à la faire sortir de ma tête, à l'expulser de ma vie. Mais c'était compter sans… Ama. Pendant dix ans, j'ai cru que c'était gagné, puis, quand on m'a annoncé la trisomie d'Amarilla, je me suis dit que c'était le prix à payer pour avoir abandonné ce bébé. Un juste retour du destin. Ça a presque réussi à me détruire, mais non, j'avais toi, j'avais Pedro, Abuela, Maria. Je commençais à vraiment aimer ma vie. Mais, là, voir évoluer Ama me ramène sans cesse à ce moment où j'ai refusé de voir son aînée. Cet amour que j'ai refusé à cette enfant que je ne connais même pas… Ça n'aura donc jamais de fin ? Hein ? Ça ne s'arrêtera jamais ? Pourquoi faut-il que mon cœur continue à se tordre de douleurs et de remords ?

Ariane pleurait à chaudes larmes. Que pouvais-je lui dire pour la consoler ? Que cette petite fille qu'elle avait eue à dix-sept ans, elle l'avait tout d'abord chérie au creux de son ventre. Devais-je lui rappeler qu'après le choc de l'annonce de sa grossesse, elle avait été heureuse de porter l'enfant d'Aidan qu'elle aimait passionnément, même si leur aventure n'avait été qu'éphémère ? Devais-je lui dire que le destin qui, selon elle, lui avait offert Amarilla pour la punir, lui avait fait cadeau de la plus merveilleuse des filles, cette même Amarilla ? Et que si Pedro, un homme, adorable, responsable, amoureux d'elle, avait été choisi comme père, ce n'était pas un hasard ? Et l'appartement d'en face qui s'était libéré juste au bon moment ? Ou Françoise, la plus compétente et aimante des nounous, qui s'était matérialisée comme par magie ? Non, je ne pouvais rien dire de tout cela. Submergée par sa peine, Ariane était aveugle.

— Je n'ai même pas accepté de la voir…

— Tu ne pouvais pas.

— Si ! Ils me l'ont proposé avant l'accouchement, mais j'ai refusé.

— Je sais ça. Je dis juste que tu n'étais pas en mesure de prendre une autre décision à ce moment-là.

Je continuai :

— Je suis sûre qu'elle va bien. Tu entends ? J'en suis sûre !

— Je ne sais pas, j'espère.

— Moi aussi, je m'en veux, Ariane. Tu avais tout juste dix-sept ans, j'étais ta grande sœur, j'aurais dû te protéger. Je n'ai même pas essayé de prendre ta défense face à papa.

— Personne ne pouvait faire fléchir papa !

— Oui, mais…

Pedro entra à ce moment-là dans le salon, l'air victorieux :

— Ma poitrine magique a encore eu raison d'elle ! Elle n'a pas résisté longtemps et s'est tout de suite endormie sur moi…

En voyant les joues d'Ariane baignées de larmes, il s'interrompit :

— Ariane ! Qu'est-ce qu'il y a ?

Je retins mon souffle, me demandant comment ma sœur allait éluder le sujet. Finalement, elle lui fit signe de s'asseoir sur le second canapé et commença son récit :

— Elle a douze ans maintenant…

Pedro, instinctivement, se tenait silencieux.

— Je suis tombée amoureuse d'Aidan à seize ans. J'étais partie passer la nuit chez une amie, une soirée pyjama. Nous étions quatre et les parents de ma copine n'étaient pas là. Aidan était le petit copain anglais de Joyce, la jeune fille au pair. Dès que je l'ai vu, j'ai eu le coup de foudre. C'était la première fois que mon cœur battait pour un garçon. Il a été le premier. Le lendemain, je suis rentrée chez mes parents, et c'en était fini de mon enfance.

Elle s'interrompit un moment.

— Que s'est-il passé ? la relança doucement Pedro.

— Il m'a appelée dès le lendemain. Mon père venait de rentrer. Il était monté se coucher. Je rôdais, moi, autour du téléphone, espérant un appel. Dès que la sonnerie a retenti, j'ai su que c'était lui. Il m'a dit que j'étais belle. Qu'il ne s'était pas attendu à tomber amoureux de moi. Qu'il avait rompu le jour même avec Joyce. Mais il regrettait d'avoir cédé à mes avances. J'étais mineure, et, si ça venait à se savoir, il pourrait avoir des problèmes. Que nous pourrions continuer à nous voir à une seule condition : il faudrait attendre ma majorité pour refaire l'amour.

Ariane s'interrompit et me regarda :

— C'est drôle, le film se déroule dans ma tête comme si ça datait d'hier.

— Je comprends ce que tu veux dire, murmurai-je.

Elle reprit :

— Au moment où j'allais raccrocher, le téléphone me fut brutalement arraché de la main. Mon père me dévisageait avec des yeux horrifiés. Mon cœur s'emballa sous l'effet de la panique et de la peur. Je courus jusqu'à la cuisine retrouver ma mère.

Mon père me criait dessus :

— Qui est cet Aidan ?

— C'est mon copain !

— Ton copain ? Ton copain ? Eh bien, sache que tu n'auras même pas le droit de le visiter en prison, parce que c'est là que je compte l'envoyer !

— Non ! hurlai-je. Tu n'as pas le droit !

— Sache que j'ai tous les droits tant que tu habiteras sous mon toit !

— Oh, sois tranquille, papa ! Même pour un million, je ne resterai pas. Je ne te laisserai pas détruire ma vie comme tu as détruit celle de maman.

— Ariane ! cria ma mère en pleurs.

— C'est pas vrai peut-être, maman ? Regarde comme on est heureuses toutes les trois quand il n'est pas là. On a le droit de parler, de rire. Mais dès qu'il apparaît, c'est fini : une chape de plomb s'abat sur la maison ! J'en ai marre de nous voir toutes aussi malheureuses à cause de lui. Toi aussi, Camille, tu joues à la petite fille sage, tu t'écrases, j'en peux plus, je m'casse !

Ce soir-là, j'ai erré dans les rues pendant des heures. Une amie de ma mère dont je gardais le petit garçon de temps en temps m'a accueillie. Je lui ai tout déballé. Elle n'aimait pas mon père, parce que, comme moi, elle trouvait qu'il rendait ma mère malheureuse, mais elle n'avait pas peur de lui. Elle appela chez moi pour signaler à mes parents où j'étais et refusa de me livrer à mon père. Elle me garda jusqu'à son départ de la maison, une grande tournée en Europe qui devait durer une quinzaine de jours. Ma mère revint me chercher et me pria de demander pardon à mon père à son retour.

— Tu devrais le faire, Ariane, je t'en supplie.

— Pourquoi ?

— Parce que c'est ton père.

— Et alors ? C'est mon géniteur, ce n'est pas mon Dieu. Tu sais quoi, maman ? Je t'aime, mais je refuse de finir comme toi. Je ne m'écraserai plus devant lui, c'est terminé... Ni devant lui ni devant aucun homme d'ailleurs ! Tu as été le parfait modèle à ne pas suivre.

Ariane reprit son souffle.

— Ces paroles, je les regretterai à jamais ! Je n'oublierai jamais le regard peiné que m'a lancé maman à ce moment-là.

Nous restâmes tous les trois silencieux un instant puis Pedro demanda :

— Que s'est-il passé quand votre père est rentré ?

Ariane gardait le regard dans le vague.

— Je lui raconte ? demandai-je.

Elle acquiesça de la tête.

— Quinze jours plus tard, Ariane est entrée dans ma chambre, s'est assise sur le lit et m'a dit : « Je suis enceinte. »

— Quoi ? ai-je crié. Mais vous avez fait ça une seule fois, non ?

— Oui.

— C'est pas possible ! Comment le sais-tu ? Tu as fait un test ?

— Pas la peine. Je le sais !

Le lendemain, nous sommes allées voir l'assistante sociale de son lycée qui lui a fait passer un test. Celui-ci s'est avéré positif.

— Tu as eu un enfant avant Amarilla ?

Pedro n'arrivait pas à y croire.

— Oui, une petite fille, répondit Ariane.

Pedro secouait la tête.

— J'y crois pas ! J'y crois pas ! Que lui est-il arrivé ?

— Quand mon père est rentré, ma mère lui a tout raconté. Il a tout de suite parlé d'avortement : j'ai refusé, je voulais cet enfant d'Aidan. Il a alors pris contact avec les parents d'Hélène, les a menacés. Ils ont eu peur, ils se sentaient responsables de m'avoir laissée seule avec lui. Ensemble, ils ont imaginé un compromis. Ils m'enverraient à Los Angeles dans une famille américaine qu'ils connaissaient bien. Leur avocat se chargerait de trouver une famille d'adoption à mon bébé, et je reviendrais en France passer mon bac. Une fois celui-ci en poche, je devrai quitter la maison. Mon père ne voulait plus me voir.

— Je t'en supplie, dis-moi que ça ne s'est pas passé ainsi. Et Aidan ? s'écria Pedro horrifié.

— Ça s'est passé exactement comme ça. J'étais mineure. J'avais beau hurler, je ne pouvais décider pour moi. Je n'avais plus de nouvelles d'Aidan. Il semblait m'avoir abandonnée. Peut-être ne voulait-il pas du bébé ? Ce bébé, je l'aimais déjà, je le voulais, mais avec Aidan, pas seule ! J'étais désespérée. J'ai passé ma grossesse à pleurer. Je n'avais aucun moyen de le contacter. Je n'ai jamais su s'il avait essayé de me joindre, mon père surveillait le téléphone. Les papiers pour l'adoption ont été signés et mon bébé est né un 12 avril. L'accouchement a été atroce. Bien plus pénible que celui d'Amarilla. J'ai refusé de voir le bébé. Je sais juste que c'était une fille. J'aurais eu trop de peine si j'avais retrouvé chez elle les traits d'Aidan. À mon retour en France, j'ai rassemblé des affaires dans un sac de voyage et je suis partie. Mon père n'a rien fait pour me retenir. Les larmes de ma mère m'indifféraient. Elle avait été incapable de me protéger. J'ai squatté à droite, à gauche. Puis j'ai trouvé un poste de serveuse dans le centre-ville de Rennes. Il y avait une pièce minuscule au-dessus du bar. Le patron me l'a louée. Je prenais ma douche dans une bassine et j'utilisais les toilettes du bar. J'ai passé mon bac par correspondance. Je l'ai eu avec mention, puis j'ai obtenu une bourse. Camille m'a aidée à réunir les papiers et je suis venue sur Paris. Tu connais la suite… Tu comprends maintenant pourquoi ma sœur me materne autant ? Pourquoi elle est tout le temps fourrée dans nos vies ? Elle s'est tellement préoccupée de moi qu'elle s'est oubliée elle-même.

— Ariane, si tu savais comme j'avais honte, si honte, de rester bien au chaud à la maison, nourrie, logée, blanchie, alors que tu devais te débrouiller seule. Je m'en veux de ce qui t'est arrivé et de n'avoir pas pu te protéger.

— Tu n'y pouvais rien, Camille…

J'éclatai en sanglots, expulsant hors de moi toute cette culpabilité rentrée qui me tenaillait depuis des années.

Le regard de Pedro allait d'Ariane à moi, sans comprendre.

— Je n'ai plus jamais eu de nouvelles du bébé. Je n'ai plus jamais eu de nouvelles d'Aidan. Je n'ai plus jamais remis les pieds dans la maison familiale. Voilà, tu sais tout.

— Et tu as gardé tout ça pour toi depuis tout ce temps ? Tu n'en as parlé à personne ?

— J'ai une mémoire très sélective, tu sais. Je suis très forte pour ça.

— Amarilla est un petit génie alors ! Elle a compris qu'elle devait se cacher pendant six mois, elle a eu la bonne idée d'être une fille et elle t'oblige à revenir sur ton passé…

Pedro entoura Ariane de ses bras et l'embrassa sur le front :

— Je suis désolé. Je ne pouvais pas imaginer que tu avais traversé tout ça ! Et tes parents ? Tu m'as dit qu'ils étaient morts mais tu ne m'as jamais dit comment.

— Ma mère est morte d'un cancer de la gorge. Probablement étouffée par les hurlements de colère qu'elle n'a jamais osé pousser. Mon père l'a suivie six mois plus tard. Accident de voiture. Il est mort sur le coup. Je le soupçonne d'avoir fait exprès pour continuer à la harceler là-haut. Ce serait bien son genre, tiens !

Faisant mine d'ignorer son cynisme, Pedro se mit à genoux devant Ariane :

— Je pensais t'inviter à un dîner romantique et te faire la totale, mais finalement, je crois que c'est la soirée idéale.

— Tu fais quoi, là ? demanda Ariane.

— Veux-tu m'épouser, mon amour ?

— Mais… pourquoi ?

— C'est pas franchement la réponse que j'attendais !

— Mais on est bien ensemble comme ça, non ? Enfin, Pedro, tu sais bien que je ne suis pas le genre à me marier !

— Moi, je suis le genre à me marier, à prendre soin de ma femme et de mes enfants jusqu'à la fin de mes jours !

— Mes enfants ?

— Ariane, enfin ! Réponds « Oui », c'est tout ce que je te demande !

— Ben, écoute, si tu y tiens…

— C'est pas vrai !

Pedro souleva Ariane sur ses épaules et prit le chemin de la chambre. Juste avant de sortir, j'entendis un grand « oui » prononcé par Ariane. Je ne saurais dire comment Pedro le lui arracha ni à quoi ce « oui » correspondait.

24

Seule, dans ma chambre, ce soir-là, je repensai aux événements de la soirée. Ariane, même dans des situations où le sort semblait s'acharner sur elle, avait toujours réussi à faire face, reprendre les rênes de sa vie et imposer ses choix. Elle en avait voulu à notre mère parce que, selon elle, elle ne nous avait pas choisies, nous, ses enfants, pas plus qu'elle ne s'était choisie, elle, et ça l'avait tuée. Elle avait préféré baisser les bras, s'en était remise à la peur. Je ne partageais pas tout à fait son analyse. Ma mère avait épousé un homme qui était la copie exacte de son propre père et elle avait réagi comme sa mère l'avait fait avant elle. Parce qu'elle ne connaissait que ce mode de fonctionnement.

Peu de temps après la mort de ma mère, j'avais reproché à ma sœur de ne pas lui avoir rendu visite. Lors des dernières semaines, à l'hôpital, elle ne pouvait plus parler, mais son regard en disait long chaque fois qu'elle me voyait entrer seule dans sa chambre. Au moindre mouvement de poignée, elle tournait vers la porte un regard plein d'espoir. Et j'y lisais la déception quand, au lieu de voir apparaître sa deuxième fille, c'est un membre du personnel médical qui surgissait. Lorsque j'avais reproché à Ariane d'avoir puni notre mère pour un crime que celle-ci ne savait pas avoir commis, Ariane m'avait répondu que l'on avait tous le choix. Et que le fait même de ne pas choisir en était un.

Ce soir-là, dans mon lit, je repensais à cette conversation et je me disais que, moi, contrairement à Ariane, j'avais laissé les autres me choisir ou choisir pour moi tout au long de ma vie. Je feignais de croire que ces décisions me correspondaient et me coulais sans mot dire dans les moules qui m'étaient proposés. J'avais toujours agi ainsi. D'aussi loin que je me souvienne, j'avais toujours essayé de protéger ma sœur et de veiller sur elle alors même que j'étais incapable de décider d'une direction pour ma vie. L'arrivée d'Amarilla avait été un bon prétexte pour m'ingérer et vivre sa vie de famille par procuration. En réalité, mon altruisme et ma disponibilité permanente cachaient des peurs bien enfouies : peur de m'affirmer et d'oser être moi-même, peur de fonder une famille. Peut-être aussi croyais-je, dur comme fer, que je n'avais pas le droit de m'épanouir dans mon couple.

Ça faisait maintenant deux ans que je sortais avec Armand. Il voulait me présenter à ses parents et je reculais sans cesse la date. Il était tout ce dont j'avais toujours rêvé. Il possédait point par point les qualités du compagnon idéal, mais je n'avais pas pensé à ajouter sur ma liste : « L'homme de ma vie embrasse comme un dieu » et « L'homme de ma vie fait l'amour comme un dieu ». Résultat : Armand détenait toutes les qualités que j'attendais, sauf ces deux-là.

Un jour que je me confiais à une amie qui venait de rompre une relation qui ne lui convenait plus, celle-ci me fit remarquer que j'avais bien peu d'estime de moi-même.

— Je ne vois pas ce que tu veux dire par là, lui avais-je répondu.

— OK. Je vais t'expliquer. Tu me dis que sur le plan intime, ce n'est pas terrible, c'est ça ?

— Oui, mais c'est vraiment quelqu'un de très bien, tu sais…

— Oui, et tu vas ajouter que l'on ne peut pas tout avoir dans la vie, exact ?

— C'est vrai, non ? Tu en connais, toi, des couples parfaits ?

— Je n'en sais rien et je m'en fiche. Quand il s'agit de moi, j'estime que je mérite le meilleur. Je ne veux pas savoir pour les autres.

— Oui, mais on ne peut pas toutes être comme toi !

— Camille, tu sais pourquoi tu réagis comme ça ? Parce que tu n'as pas assez d'estime pour toi-même ! Tu trouves que tu ne mérites pas le meilleur et tu es presque reconnaissante envers le bel Armand qui daigne te regarder. Je me trompe ?

— En fait, c'est vrai que je trouve à peine croyable qu'un homme comme lui soit tombé amoureux de moi.

— Et voilà, tu te dévalorises, comme tant de femmes… Écoute bien ce que je vais te dire : dans la vie, on n'obtient pas ce que l'on mérite, on obtient ce que l'on demande ! Regarde ta mère : vu ce que tu m'en as dit, c'était la plus gentille des femmes, non ? Eh bien, si ton père se comportait ainsi envers elle, c'est parce qu'il savait qu'elle n'avait pas une haute estime d'elle-même. Elle s'était convaincue, ou on l'avait convaincue, qu'elle méritait d'être traitée de la sorte.

— Oui, mais toi, tu es tout l'inverse de ma mère : aucune chance que tu tombes sur un homme comme mon père !

— Aucune chance, c'est vrai, mais tu serais surprise du nombre de personnes qui bradent leurs exigences et se contentent du tout-venant. Et ça, ça n'arrive que quand on n'a pas confiance en soi !

Cette conversation me taraudait. C'est vrai que j'étais reconnaissante envers Armand de me vouloir comme épouse. J'avais envie de céder. Je me disais que, avec le temps, il deviendrait peut-être un bon amant. Mais, au fond de moi, une petite voix me criait que je m'illusionnais. Il y avait aussi la gêne que j'éprouvais en présence de ses amis. Je me sentais souvent mal à l'aise, illégitime. Les filles avec leurs sacs Louis Vuitton, leurs vêtements de marque, leurs voitures de luxe, me renvoyaient à mes origines modestes. Mon salaire ne couvrirait même pas l'achat d'une de leurs babioles. Armand était charmant avec moi, mais j'avais noté qu'il prenait soin de toujours s'occuper des cadeaux quand nous étions invités par son entourage. Voulait-il éviter d'être embarrassé par mes choix ?

Ce soir-là, perdue dans mes doutes, je ne pus trancher. Je me résolus à laisser le sort décider pour moi. Une fois encore…

25

Amarilla fit la connaissance des jumelles Lilou et Laurie le jour de le fête de la maternelle, où il était prévu qu'elle entre pour ses quatre ans. Cette rentrée faillit ne pas se faire, car Amarilla n'était pas encore propre. La directrice de l'école avait bien fait comprendre à Ariane que ni elle ni les institutrices n'avaient vocation à changer les couches des élèves. Ariane et Pedro mirent donc l'accent sur l'apprentissage de la propreté tout l'été. Comme à chaque fois avec Amarilla, c'était long, laborieux, frustrant ! Et, un jour, alors qu'ils étaient à table, Amarilla leur annonça d'un ton solennel : « Ama est prop' ! Fait plus pipi dans ya couche. » Ariane et Pedro se regardèrent, puis pouffèrent de rire, avant de la féliciter. Amarilla avait cependant encore des oublis de temps en temps et la couche restait nécessaire la nuit, mais il fut décidé qu'elle irait à l'école quatre demi-journées par semaine pour commencer.

Pedro l'avait amenée le cœur serré. Amarilla venait de passer deux années avec Françoise, arrosée d'amour et d'attention. Là, avec l'entrée à l'école, il n'en serait pas de même. Elle serait entourée de nombreux autres enfants, dont beaucoup seraient plus grands qu'elle. À cet âge-là, deux années pouvaient créer une nette différence, surtout pour une enfant qui apprenait moins vite que les autres. Elle serait aussi confrontée à un grand nombre d'adultes : les membres du corps enseignant et les parents d'élèves. Ariane avait l'estomac si noué d'appréhension qu'elle n'avait pu accompagner sa fille pour sa première rentrée.

Mais Amarilla, toujours aussi sociable et avide de compagnie, adora tout de suite l'école. Tout, là-bas, lui plaisait : les nouveaux copains, sa maîtresse, les jeux en classe, et surtout, ses deux meilleures amies, Lilou et Laurie.

Lilou et Laurie allaient entrer au CP, alors qu'Amarilla entamait juste son cycle à la maternelle. La directrice de l'école du groupe scolaire avait initié une sorte de parrainage, avec des ateliers ou des sorties communes, où chaque enfant de CP jouait le rôle de grande sœur ou de grand frère auprès d'un plus petit. Dès qu'elles aperçurent Amarilla à la fête du groupe scolaire, les jumelles se dirigèrent vers elle et, sous l'œil attendri de Pedro, se noua une amitié indéfectible qui rapprocherait leurs deux familles de façon inattendue.

— Bonjour, moi, c'est Lilou.

— Et moi, c'est Laurie.

— Moi, c'est Amarilla, et moi aussi, j'aime le jaune !

Elles gloussèrent : toutes trois étaient vêtues de jaune.

— Amarilla, c'est joli comme prénom, reprit Lilou.

— Oui, et ça veut dire jaune !

— Viens, Amarilla, je vais te présenter à mon papa, s'écria Laurie.

Se tenant par la main, elles firent quelques pas vers un homme en conversation avec l'un des enseignants :

— Papa, papa !

L'homme se retourna.

— Regarde ! C'est Amarilla. Elle est chez les petits et on va être ses marraines. Elle sera comme notre petite sœur.

L'homme se baissa et tendit la main à Amarilla :

— Bonjour, Amarilla ! Tu as un bien joli prénom.

— Oui, et ça veut dire jaune, chantèrent en chœur les jumelles.

— Eh bien, ça promet !

C'est alors que le père des jumelles vit Pedro qui s'avançait vers lui et lui tendait chaleureusement la main.

— On se connaît ? J'ai l'impression de vous avoir déjà rencontré quelque part.

Pedro partit d'un grand éclat de rire :

— Oui, absolument ! Vous m'aviez conseillé de ne jamais avoir de fille. Et surtout pas une fille qui aime le jaune ! C'était dans le métro il y a quatre ans : vos filles m'avaient pris pour cible de leurs blagues.

— Oh oui, je me rappelle. Enchanté ! Mais… vous m'aviez dit ne pas avoir d'enfant, si je me souviens bien.

— Amarilla est née quelques mois après, répondit Pedro tout souriant.

— Oh ! Et je vois que vous avez suivi mes conseils point par point.

— Et je ne le regrette pas. Amarilla apporte beaucoup de joie dans la maison.

— Vous en voulez deux autres alors ? Je suis prêt à vous les donner ! Je ne demanderai rien en échange, répliqua l'homme d'un ton faussement suppliant. Ah, au fait, je ne me suis pas présenté : Frédéric, le père esclave des deux monstres jaunes que vous voyez là. Ne vous fiez surtout pas à leur air angélique !

La cloche sonna et les fillettes se séparèrent à regret, se promettant de jouer ensemble à la prochaine récréation.

Le week-end après la rentrée, nous improvisâmes une soirée avec Frédéric et ses filles. L'amitié entre les enfants avait été si soudaine et paraissait déjà si solide qu'il était urgent que les parents fassent plus ample connaissance. Frédéric était divorcé de la mère de ses filles. Muriel et lui se fréquentaient depuis le lycée où ils avaient été les meilleurs amis du monde. Ils traînaient souvent ensemble, se conseillaient, se soutenaient, se critiquaient mutuellement. Autour d'eux, leurs proches s'attendaient à ce qu'ils finissent ensemble. Sous la pression, ils y crurent aussi, et, un soir, après un dîner où ils s'étaient fait charrier sur cet amour refoulé, ils abordèrent le sujet en toute simplicité et se dirent : pourquoi pas ? Pourquoi ne pas essayer de former un vrai couple ? Le passage d'une amitié fraternelle à une amitié amoureuse leur parut étrange au début, mais l'humour leur permettait de désamorcer les moments de gêne. Ils décidèrent de se marier et les jumelles furent conçues pendant la nuit de noces. Cependant, ils réalisèrent assez rapidement leur erreur. Les rapports d'amitié s'étaient mués en rapports de force. La bienveillance qu'ils avaient jusqu'ici soigneusement entretenue l'un envers l'autre s'était transformée en ressentiment. Leurs travers mutuels dont ils avaient toujours ri leur étaient devenus insupportables. Il leur restait cependant deux envies communes : rendre leurs filles heureuses et voir l'autre heureux. Ils décidèrent de divorcer dans la foulée, et retrouvèrent presque instantanément leur complicité d'antan. Lors de leur fête de divorce, ils annoncèrent à leurs proches leur décision de se séparer mais de continuer à s'aimer et à se soutenir pour le meilleur et pour le pire. Les filles vivraient chez l'un ou l'autre en fonction de leurs obligations respectives, et ce en toute harmonie. À plusieurs reprises, je fus témoin de leur complicité retrouvée.

Leur relation me paraissait si belle que je ne pouvais m'empêcher de la comparer au couple que je formais avec Armand. Notre histoire avait démarré sur les chapeaux de roue, Armand était apparu comme l'homme de la providence, mon prince charmant, dans un contexte dramatique. Je m'étais laissé impressionner par les dîners aux chandelles, sa voiture de luxe, mais avions-nous jamais été proches ? Vraiment proches ? J'appréciais sa compagnie, mais, en vérité, je me sentais parfois plus complice avec Frédéric. Nous organisions régulièrement des sorties avec

Amarilla et les jumelles pour permettre à Pedro et Ariane de souffler un peu et il arrivait que l'on nous prenne pour une famille en balade. Frédéric qui ne manquait pas d'humour me tenait alors par la main, ce qui faisait rire les enfants. Mais tout cela finissait par me gêner et m'interroger quant à la teneur réelle de mes sentiments pour Armand.

Après moult hésitations, je décidai de prendre mon destin en main et de lui parler. D'abord, je choisis le lieu de notre rencontre et lui proposai un pique-nique dans un petit parc au centre de Paris. Une fois la nappe installée et le contenu du panier joliment disposé, je me lançai. J'avais peur qu'après le repas mon estomac alourdi et mon esprit embrumé par le vin ne m'ôtent tout courage.

— Armand, tu te doutes de la raison pour laquelle je t'ai convié à ce rendez-vous ?

— Je crois l'avoir deviné, mais vas-y, je t'écoute, me dit-il, avec son regard perçant.

— Il s'agit de nous deux… Je t'aime beaucoup, mais…

— Mais tu ne nous vois pas continuer ensemble.

— Tu as le même sentiment ? Qu'il manque quelque chose ? Que la magie n'y est plus ? Enfin, je veux dire, tu es quelqu'un d'extraordinaire, mais… je ne sais pas… j'ai l'impression que l'on ferait une erreur.

J'avais dit tout ça rapidement, pressée d'en finir. J'avais peur de le blesser. Armand s'était tu.

— Tu ne dis rien ?

— Je réfléchissais. En fait, je t'admire. Je n'aurais pas eu ce courage-là. Je vous admire, vous, les femmes, de ne pas vous contenter de l'à-peu-près, d'être en permanence en quête du bonheur. Regarde-moi : je suis, sans fausse modestie, un bon parti, et l'on s'entend bien tous les deux, mais tu es prête à me jeter comme une vieille chaussette, sans même savoir ce que tu trouveras ensuite.

— Je ne te jette pas comme une vieille chaussette !

— Je sais, je sais, ajouta-t-il d'un ton apaisant. Au cas où tu ne l'aurais pas remarqué, mon orgueil en prend un coup, là ! Mais…

— Mais ?

— Tu as probablement raison. Je ne sais pas si nous ferions une erreur, je n'en suis pas aussi sûr que toi, mais je me rends bien compte qu'il manque… quelque chose. Regarde mes parents : ils sont toujours aussi épris l'un de l'autre et se comprennent, même quand ils ne se parlent pas.

Il prit un air rêveur. Je tentai de le rassurer :

— Je suis sûre que tu vas la trouver, ta moitié.

— J'espère. En tout cas, merci pour tout le temps que nous avons passé ensemble. Tu es une fille bien, Camille, vraiment.

Il se pencha vers moi et me donna le plus doux, le plus tendre des baisers. Si parfait que je faillis changer d'avis ! Mais je me repris et nous entamâmes le repas.

Nous ne restâmes pas vraiment amis comme nous nous l'étions promis. Ce n'était pas volontaire. Seulement, nous ne fréquentions pas les mêmes milieux et avions donc peu d'occasions de nous croiser.

Je le revis un an plus tard à un vernissage où m'avait traînée une collègue. Il était au bras d'une longue tige brune, face à un tableau. Elle avait posé la tête sur son épaule et ils se tenaient par la main. Il se pencha pour l'embrasser et, l'espace d'une seconde, j'eus peur de la voir reculer. Mais au lieu de cela, elle lui rendit son baiser de plus belle. J'en eus presque un pincement au cœur : n'était-ce pas moi qui avais un problème ?

26

Les scientifiques et les chamans seraient tombés d'accord sur un point : Amarilla avait quelque chose en plus que nous. Pour les premiers, il s'agissait d'un chromosome supplémentaire. Pour les seconds, c'était plus complexe : un supplément d'âme, une perception des autres et du monde bien plus aiguë que celle allouée au commun des mortels.

Amarilla faisait partie de ces êtres privilégiés, messagers d'un ailleurs, venus nous questionner, afin de nous aiguiller sur la vraie raison de notre présence ici-bas. Elle créait un pont entre le monde d'ici, visible, et l'autre monde, celui de l'au-delà, invisible.

Que nous, simples humains, privés de ce don déguisé en chromosome 21, pétris d'orgueil, de certitudes et de préjugés, refusions d'écouter ou non, ne changeait rien à son rôle. Ne suivant que son intuition, Amarilla poursuivait sa mission. Sereinement.

Elle grandissait. C'était une petite fille attachante qui suscitait des réactions contrastées. Je l'apprendrais grâce à elle : les enfants trisomiques sont incroyablement affectueux. Parfois jusqu'à l'excès. Mais lorsque l'on connaît la qualité de leur amour, il est difficile d'y résister. Malheureusement, la plupart des gens sont plutôt méfiants. La moindre sortie avec Amarilla provoquait des scènes souvent poignantes, parfois surréalistes ! Amarilla, en raison de sa différence, ne suivait que ses propres règles, n'obéissait qu'à son horloge interne. Les verrous classiques de l'éducation, les conventions, avaient peu de prise sur elle. Si, au supermarché, elle se prenait d'amitié pour un enfant, elle n'acceptait pas que celui-ci refuse son don d'affection. Elle insistait, s'imposait, et si le parent de l'élu de son cœur finissait par intervenir pour les séparer, elle vivait cela comme un véritable rejet. La souffrance qu'elle éprouvait n'était pas liée tant à sa différence, dont elle n'avait pas encore conscience, qu'au sentiment d'abandon : en cela, elle se rapprochait d'une peine d'amour. Sa réaction et sa détresse pouvaient nous paraître à nous disproportionnées. Heureusement, Amarilla était aussi très facétieuse, et parfois aussi manipulatrice que n'importe quel enfant lorsqu'elle voulait parvenir à ses fins. Ses émotions, qui oscillaient d'un bout à l'autre du thermomètre, épuisaient tous ceux qui la côtoyaient au quotidien. Même au moment de prendre sa douche, il fallait que l'eau soit chaude ou froide. Voilà, Amarilla ne connaissait pas l'eau tiède. Elle pouvait ainsi se montrer très exclusive dans ses rapports aux autres. Mais le jour où elle exigea d'aller à Eurodisney avec moi, et moi seule, restera à jamais mon meilleur souvenir. Car ses démonstrations de joie, ses étonnements, son enthousiasme, et même ses colères, étaient si ardentes qu'elles ne pouvaient manquer de vous entraîner dans un maelström d'émotions.

Elle semblait, parfois, vouloir prendre soin de nous, sa famille. Elle aimait nous voir heureux. Un jour, alors qu'elle avait quatre ans, elle insista pour aller chez le coiffeur. Une fois sur place, elle installa sa maman sur le siège, devant le bac à shampoing, et demanda à la coiffeuse de bien s'occuper d'elle. Elle avait entendu Ariane se plaindre : entre son travail, l'orthophoniste, la lecture, les panneaux avec les mots clés qu'elle devait installer dans la chambre d'Amarilla, elle n'avait plus le temps de prendre soin d'elle.

À six ans, Amarilla demanda à Abuela de venir les voir parce que son papa était un peu malade et avait besoin de sa maman. Abuela saisit bien sûr l'occasion, et, quarante-huit heures plus tard, débarquait de Barcelone pour s'emparer des casseroles et nourrir son fils comme si celui-ci sortait d'une longue famine.

Ama avait un autre don : le chant. Elle avait l'oreille musicale et retenait très facilement les airs et les paroles des chansons. Je la regardais, tellement joyeuse et tellement heureuse, et je suppliais souvent le ciel pour que jamais rien ne vienne ternir cette joie. Parfois, j'avais le cœur si serré que des larmes me montaient aux yeux. Elle le remarquait et me demandait alors :

— Tu es triste ?

— Oui. Un peu.

— Faut pas, tatie. Moi, je suis toujours contente.

— C'est vrai, ma chérie. J'aimerais être toujours heureuse, comme toi.

— Tu peux.

Elle était, malgré elle, devenue le centre de nos vies, et, contrairement aux apparences, nous apprenions plus d'elle qu'elle n'apprenait de nous. Les adultes trop raisonnables que nous sommes avaient, grâce à Ama, une occasion rare de voir de près l'amour inconditionnel en actes. Nous voulions, tous, la protéger à jamais. Mais la vie est faite de déséquilibres, et, à peine une routine s'est-elle installée, que le destin, comme pour nous obliger à évoluer vers d'autres possibles, s'évertue à en faire bouger les lignes.

27

Tout commença un matin d'été. Amarilla venait d'avoir huit ans. Elle était inscrite dans un IME, un centre médico-éducatif dans lequel les enfants trisomiques sont pris en charge selon leurs spécificités. Amarilla s'y plaisait, mais moins qu'à l'école. Elle se voyait bien poursuivre l'école pour toujours, en compagnie de ses deux meilleures amies, Laurie et Lilou. Ce jour-là, elle venait de rentrer en compagnie de Pedro, elle posa son cartable et se jeta dans les bras de sa maman, pour lui raconter sa journée :

— C'était super ! Mais je n'ai pas été à la piscine avec les autres parce que papa avait oublié mon maillot de bain ! Il oublie souvent les choses, papa.

Ariane et moi nous regardâmes. Amarilla, avec sa franchise habituelle, venait de mettre le doigt sur un sujet sensible. Depuis quelques mois, Pedro et Ariane se disputaient souvent à cause de ces oublis. Pedro rentrait sans le pain ou les médicaments qu'il était parti chercher, et, dernièrement, il avait même omis de récupérer Amarilla chez Frédéric. Ariane m'avait raconté qu'un jour, en rentrant d'un rendez-vous professionnel, elle l'avait trouvé tranquillement assis devant son ordinateur. En voyant vide la chambre d'Amarilla, elle s'était inquiétée :

— Où est Amarilla ?

— Chez Frédéric. Quelle question !

— Ne me dis pas que tu n'es pas allé la récupérer !

— Pourquoi l'aurais-je fait ? Frédéric doit la ramener.

— Mais enfin, Pedro ! Frédéric a insisté pour que tu passes avant seize heures. Il a un rendez-vous super important là... Mais où as-tu la tête en ce moment ?

Pedro avait bondi de son fauteuil.

— Merde, je suis désolé, j'avais complètement oublié !

Au moment où il composait le numéro de Frédéric, la sonnerie de l'interphone avait retenti. C'était Muriel :

— Je crois que j'ai un colis jaune pour vous !

Pedro s'était excusé, mais l'agacement d'Ariane face à ces oublis grandissait. Pedro n'était pourtant pas du genre distrait et inattentif. Son caractère et son passé de champion sportif l'avaient rendu, au contraire, extrêmement pointilleux et vigilant. Ce jour-là, j'eus un pressentiment. Dans ma tête se forma une hypothèse qui m'effraya suffisamment pour que je n'en fasse pas part immédiatement à Ariane. Je changeai de sujet.

— Ariane, il faudrait que l'on retourne dans la maison de Rennes.

— Pour faire quoi ? Les locataires versent toujours le loyer sans problèmes, non ?

— Oui, mais ce n'est pas pour ça. Il faut vraiment que l'on débarrasse la cave, les choses sont entassées dedans depuis tellement longtemps !

— Et alors ? Ça ne dérange personne, non ? Pourquoi tu veux aller fouiller dans toutes ces vieilleries ? Tu peux tout donner ou les jeter, je m'en fous !

— Je sais, tu me l'as déjà dit, mais je n'ai pas envie d'y aller seule. Je t'en prie, viens avec moi.

Amarilla se mêla à la conversation :

— Oh oui ! Moi aussi, je veux y aller ! Ce sera comme une chasse au trésor, on découvrira plein de merveilles cachées.

— Tu parles, ricana Ariane. Tes grands-parents n'avaient aucun trésor !

— Moi, je sais qu'il y a un trésor là-bas. Je le sais, c'est tout, insista Amarilla.

Je m'engouffrai dans la brèche ouverte par ma nièce.

— Tu as entendu, Ariane ? Tu connais suffisamment Amarilla pour savoir qu'il faut prendre ses prédictions au sérieux.

— Ses prédictions ? Tu en fais une voyante maintenant ! Je sais surtout qu'Amarilla aime voyager, fouiner, et ta compagnie. Elle voit donc dans ce voyage l'opportunité de passer de bons moments, c'est aussi simple que ça.

— Dis-moi, Ariane, tu comptes m'y aider un jour ou pas ? répliquai-je agacée. J'ai besoin d'être fixée. Papa et maman sont partis depuis longtemps. Si tu veux moisir dans tes ressentiments *ad vitam aeternam*, permets-moi de te dire que je trouve cette attitude nulle, lamentable ! Grandis un peu, enfin !

Ariane en resta bouche bée. Je ne m'énervais pour ainsi dire jamais envers elle. À son tour, elle s'emporta :

— Alors, ça y est ? C'est reparti ? C'est plus fort que toi, hein ? Ton côté donneuse de leçon est toujours prêt à ressurgir, non ? Mais tu sais quoi ? Fous-moi la paix avec cette histoire, je ferai EXACTEMENT ce que je veux !

— Cette « histoire », comme tu dis, Ariane, est la nôtre ! Qui tu penses punir là ? Pas eux, tu n'as plus ce pouvoir. Moi ? Tu comptes me punir pour avoir continué à les aimer malgré leurs imperfections ? Eh bien, si ça te fait plaisir, continue ! Vis dans le passé et mesure ta force de caractère à l'aune de ta faiblesse et de ta peur ! Moi, j'irai. Je veux avancer dans ma vie. Et je veux ces moments de souvenirs avec eux. Que tu y participes ou non.

— Eh bien, vas-y, tu es assez grande, non ? Et s'il te plaît, ne m'en parle plus, j'en ai marre à la fin !

Je me dirigeai vers l'ascenseur. J'en voulais vraiment à ma sœur pour ce que j'estimais être, au mieux de la lâcheté, au pire de la bêtise. Mais notre rancœur ne durerait pas. Les événements nous emporteraient dans une vague houleuse qui allaient nous forcer à nous dévoiler telles que nous aurions toujours dû être : deux sœurs, deux cœurs solidaires, obligées de se rapprocher, de s'entraider, de s'aimer au mieux pour empêcher la douleur et l'adversité de se frayer un passage jusqu'à notre cœur.

Car, comme je le craignais, le comportement de Pedro avait une raison logique : il était lié à son accident de moto, qui avait eu lieu huit années plus tôt.

28

Je dormis mal cette nuit-là. J'étais en colère contre ma sœur mais, surtout, je m'inquiétais pour Pedro. Son comportement inhabituel avait fait naître en moi une peur diffuse. Ariane et lui avaient, au cours de ces huit années, trouvé leur rythme de vie. Ils vivaient la trisomie de leur fille au quotidien, comme une évidence. Cette enfant, ils l'aimaient tous les deux, follement, sans réserve. Pedro n'avait pas réussi à convaincre Ariane d'avoir un autre enfant. Elle se disait comblée par Amarilla et plaisantait même en affirmant qu'elle ne prendrait pas le risque d'en faire un autre qui ne serait pas aussi parfait que la première. L'heureux caractère d'Amarilla, sa bonhomie, sa joie de vivre, sa capacité à se réjouir de tous les petits bonheurs de la vie, adoucissaient nos soucis comme un baume magique. Chacun de ses progrès nous transportait de joie.

De mon côté, depuis ma rupture avec Armand, je n'avais eu aucune relation. C'en était même inquiétant. Certains soirs, la solitude me pesait tellement que je me réfugiais dans les salles obscures où j'enchaînais les films jusqu'à la fermeture. Je rentrais démoralisée et me demandais ce qui clochait en moi. On me disait jolie, serviable, j'avais un appartement, un travail, une vie stable, alors qu'est-ce qui n'allait pas chez moi ?

Je sortis de ces pensées moroses et laissai un message sur le répondeur d'Armand. Non pas pour lui proposer de renouer, mais pour avoir son avis concernant Pedro. Après tout, il avait été son médecin, et il serait le plus apte à nous éclairer. Plus tard, ce soir-là, alors que j'étais plongée dans un livre, mon téléphone sonna et je sus que c'était lui. Je pris ma plus jolie voix pour répondre, j'étais incroyablement heureuse de l'entendre. Je ne savais pas que ma question, *a priori* anodine – « Que deviens-tu ? » –, allait déclencher une avalanche de réponses : marié, père de trois enfants (son petit dernier n'avait d'ailleurs que quatre semaines), il venait d'emménager quelques mois plus tôt dans une jolie maison de l'ouest parisien. Il avait également changé de travail puisqu'il était désormais associé dans une clinique.

— Wow ! Tu n'as pas perdu de temps !

— C'est vrai que c'est allé vite. Et tu avais raison : quand j'ai rencontré Astrid, ça a été comme une évidence. Je suis incroyablement heureux ! Et toi ? Donne-moi de tes nouvelles.

Je détestais avoir à répondre à cette question : à trente-neuf ans, mon CV familial restait toujours vierge. Je choisis d'être franche.

— Moi, je n'ai pas encore rencontré la bonne personne. Je suis toujours célibataire, sans enfants.

— Tu es sérieuse, là ? Mais tu es une fille géniale !

Je le sentais sincèrement surpris et désolé, et je préférai abréger cette conversation d'un trait d'humour.

— Il faut croire que les autres ne s'en sont pas encore rendu compte.

— En tout cas, ça me fait super plaisir de t'entendre. Tu semblais préoccupée dans ton message. De quoi s'agit-il ?

— Pourrait-on se voir à la clinique et ne pas en parler par téléphone ?

— Oui, oui, bien sûr ! Tu m'inquiètes, là. Rien de grave, j'espère ?

— Ce sera à toi de me le dire.

— Passe demain ? Dans l'après-midi, entre seize et dix-huit heures ?

— Oh oui, merci. Merci infiniment !

Nous raccrochâmes. Marié, trois enfants, associé dans une clinique ! J'aurais pu être cette femme-là, si je n'avais pas mis fin à notre relation. Pour ne pas m'apitoyer trop longuement sur mon sort, j'appelai Pedro dans la foulée.

— Je peux te voir demain, vers dix-sept heures ? Frédéric et les filles sont à Eurodisney, non ?

— Oui.

— Tu veux bien venir avec moi voir Armand ? Je l'ai appelé et il a immédiatement accepté de nous recevoir rapidement.

— D'accord.

Je lui donnai l'adresse et, sans prendre le temps de me démaquiller et de me déshabiller, je sombrai dans un sommeil agité.

Le lendemain, je le retrouvai devant la clinique d'Armand. Je regardai ce très bel homme, dans la force de l'âge, vigoureux, gentil, plein d'attention aux autres. Il jeta sur moi son beau regard brun et me fit signe qu'il me suivait. Armand nous attendait dans son grand bureau spacieux. Il me fit la bise et échangea avec Pedro une franche poignée de main suivie d'une accolade virile et chaleureuse à la fois. Pedro repéra sur son bureau la photo de famille :

— Eh ben, mon vieux !

— Et il manque le petit dernièr, dit Armand, en éclatant de rire. Il n'a que quatre semaines !

— Félicitations ! dit Pedro.

Puis il ajouta d'un air rêveur :

— Je crois que ça ne m'aurait pas déplu, une famille nombreuse… Mais ma petite Amarilla remplit largement ma vie.

— Camille m'a dit qu'elle se porte à merveille.

— Oh, oui ! Pas comme moi, n'est-ce pas ? Pourras-tu me sauver cette fois-ci, Armand ? Je veux dire, tu l'as déjà fait une première fois et je sais que c'est à Amarilla et toi que je dois ce cadeau, ces huit merveilleuses années. Pourras-tu le faire une seconde fois ?

— Que ressens-tu exactement, Pedro ?

— Rien de précis. Je sais que j'ai des trous de mémoire. Que j'oublie des choses. Certaines simples, comme acheter le pain ; d'autres, plus graves, comme récupérer Amarilla, mon rayon de soleil. Je sais qu'il m'arrive d'être dans le métro et de ne plus me souvenir de l'endroit où je dois descendre. Je sais que je ne retrouve plus certaines affaires, je ne sais plus où je les ai posées. Je sais que, quand je m'en rends compte, je panique. Camille a dû te le dire, je suis très méticuleux en général. Et, crois-le ou non, je sais que je m'étais fixé lundi pour t'appeler et te demander ton aide. Alors, docteur ? Ai-je résumé la situation aussi clairement que Camille ?

— Oui, Pedro. *A priori*, si je me base sur ce que tu me dis, voici mon hypothèse. Mais ce n'est qu'une hypothèse, et il faudra un scanner pour la confirmer ou l'infirmer. Les symptômes que tu m'as décrits me font penser à un hématome sous-dural. Il arrive que, lors d'un traumatisme crânien, il se forme un hématome entre la dure-mère et l'arachnoïde. C'est un petit vaisseau qui éclate sous le crâne. Ça peut se produire quelques jours, plusieurs semaines, quelques mois, voire même plusieurs années après. Ce traumatisme peut avoir été minime et indirect. On ne le voit pas forcément au scanner, et, pour quelqu'un comme toi, vigoureux, en bonne santé, pour lequel il n'y avait aucune raison d'avoir un suivi, ça peut passer inaperçu des années durant, puis se révéler par certains symptômes : pertes de mémoire, désorientations, maux de tête, vomissements… Il faudrait donc que l'on fasse un scanner très rapidement pour être fixés.

— Ça se soigne ?

— Oui et non. On peut soigner les douleurs, mais c'est irréversible si le mal a été constaté trop tard.

— Et dans ce cas, quelle est l'issue ?

— Les symptômes peuvent s'aggraver. Des crises d'épilepsie, des convulsions… Mais le plus urgent là est d'effectuer le scanner.

J'étais accablée de voir une ombre maléfique s'approcher à nouveau de ma famille. Nous partîmes en silence après avoir programmé un scanner pour la semaine d'après. Arrivés devant l'immeuble, Pedro me dit :

— Tu as bien fait, Camille. Mais je ne veux pas embêter Ariane avec des hypothèses non vérifiées. Je lui en parlerai après les résultats du scanner. Tu es d'accord ?

J'opinai de la tête.

— Ça va aller ? lui demandai-je.

Il se pencha et m'embrassa tendrement sur le front.

— Merci, Camille. Merci. Tu es la meilleure des belles-sœurs dont on puisse rêver. Tu sais, reprit-il, tu n'es pas obligée de monter… Ariane t'en veut encore.

Je fis demi-tour et marchai un moment, avant de m'asseoir à une terrasse de café. L'air doux de cette fin d'après-midi d'été portait à la rêverie. Je regardais les passants : ce jeune couple d'une vingtaine d'années, elle, avec sa robe légère et fleurie, lui, habillé d'un vieux jean râpé et d'un tee-shirt arborant un dessin humoristique. Ils se regardaient, s'embrassaient, puis recommençaient. Ce père de famille et ses deux enfants, qui tenaient chacun une glace à la main, ce couple de personnes âgées, qui marchaient à petits pas.

J'étais triste. Depuis peu, je sentais grandir un vide en moi. Ma sœur avait raison, j'en faisais trop, c'était plus fort que moi. Je continuais, malgré nos disputes, à vouloir veiller sur elle, à me croire responsable de son destin, du bien-être de son couple, de la santé de Pedro. Je jugulais mes angoisses en investissant sa vie. Nos altercations de plus en plus fréquentes avaient pourtant réveillé quelque chose en moi. Une colère mais aussi une envie de lâcher prise, d'abandonner ma soif de contrôle pour me recentrer sur mes désirs. Mais comment vivre ma propre vie ? Ce saut vers l'inconnu que je sentais inéluctable me plongeait dans les affres de la peur.

Absorbée dans mes pensées, je vis apparaître un homme d'une trentaine d'années. Blond aux yeux très clairs, il était accompagné d'une petite fille trisomique, version miniature de son père. Ils ne ressemblaient en rien à Pedro et Amarilla, mais ils avaient l'essentiel en commun : la complicité, le plaisir d'être ensemble. Sorties du plus profond de ma tristesse apparurent alors deux larmes silencieuses qui se frayèrent un passage depuis mes paupières jusque sur mes lèvres. Un mouchoir tendu les cueillit.

Je levai la tête et le vis : Frédéric.

29

Amarilla m'avait un jour demandé pourquoi je n'épousais pas Frédéric. Sidérée, j'avais poussé un grand cri :

— Quoi ?

Elle avait repris calmement, doucement, comme pour me signifier que je n'étais décidément pas une flèche :

— Pourquoi tu ne te maries pas avec tonton Frédéric ?

— Mais… quelle drôle d'idée ! Où as-tu été chercher ça ?

— Tu l'aimes bien, non ?

— Oui, bien sûr ! Tout le monde aime Frédéric.

— Alors, marie-toi avec lui. Comme ça, Laurie et Lilou et moi, on sera vraiment de la même famille !

Elle attendait visiblement une réponse immédiate de ma part.

— Ama, on est déjà comme une famille. On n'a pas besoin de se marier pour ça !

J'étais restée interloquée un instant, puis j'avais oublié l'incident, jusqu'à ce qu'il me revienne comme un flash, là, assise à cette terrasse de café. Frédéric était un ami, il avait toujours régné entre nous une franche camaraderie. Mais le regard dont il me couvait à cet instant était sans équivoque. Mon Dieu, Amarilla avait-elle vu juste ? Frédéric « m'aimait-il bien » ? Au-delà de la compassion, son corps exprimait une envie pressante de me prendre dans ses bras et de me consoler... tendrement. Pour la première fois depuis quatre ans que je le connaissais, j'étais troublée, mal à l'aise.

Il devait l'avoir senti aussi, car il se tenait silencieux.

— Je préfère être seule, Frédéric. Ne le prends pas mal...

Il me toucha l'épaule et me dit doucement en partant :

— Tu as mon numéro de téléphone si tu changes d'avis.

Une semaine plus tard, je l'appelai. Pedro avait reçu les résultats de son scanner et mes pressentiments étaient fondés. Lorsque j'arrivai chez eux, Ariane en avait déjà été informée. Elle m'ouvrit la porte, les yeux rougis par les larmes, et nous tombâmes dans les bras l'une de l'autre. Nous restâmes ainsi, dans l'entrebâillement de la porte, à nous communiquer notre force l'une à l'autre. Pedro nous poussa doucement à l'intérieur. Il n'avait pas l'air effondré.

— Tu t'y attendais ? lui demandai-je.

— Oui.

Il entourait Ariane de ses bras, l'embrassait dans le cou, encore et encore, jusqu'à ce qu'elle parvienne à esquisser un maigre sourire.

— Et maintenant ? Il a parlé d'un traitement ? repris-je.

— Oui, mais pour diminuer les symptômes, pas pour stopper l'hémorragie. Les vaisseaux sont si minuscules que l'on ne peut opérer.

Il ajouta :

— Il faut le dire à Amarilla.

— Tu es sûr ? répliquai-je. Pedro, ça peut durer encore des années sans s'aggraver !

— Oui, mais peut-être pas, dit-il calmement.

À cet instant, Amarilla sortit de sa chambre et alla s'installer sur les genoux de son père. Elle nous observa l'un après l'autre et prit la parole :

— Je sais que papa est malade.

— Mais… comment le sais-tu ? répondit Ariane ahurie.

— Je le sais. C'est tout.

Pedro sourit à sa fille :

— Je pensais te dire que tout allait bien se passer. Mais, là, c'est moi qui te pose la question : tout se passera bien ?

Elle le serra contre elle encore plus fort :

— Oui, tout se passera bien, mon papounet.

— Merci, ma chérie.

— De rien !

Puis elle chuchota à l'oreille de son père qui regarda l'heure et lança :

— Ama veut que l'on aille dîner dans notre restaurant sénégalais préféré et je crois que c'est une excellente idée ! Camille, tu appelles pour réserver ? Nous, on va se préparer.

— Et moi, je vais mettre une robe…

— Jaune ! Oui, on sait, Ama.

Nous éclatâmes tous de rire.

Nous nous retrouvâmes une heure plus tard dans ce sympathique restaurant qui était tenu par une amie d'Ariane et son époux, Djibril. Le poisson braisé, le tchep pou dien, l'igname et les allocos, la musique, l'ambiance éloignèrent nos angoisses le temps d'une soirée. Je surprenais régulièrement le regard d'Ariane posé sur Pedro, puis sur Ama. Je lui murmurai ces trois mots à l'oreille : « Ça va aller. » Elle opina de la tête et personne ne devina notre dialogue silencieux. Devant l'épreuve, nous avions retrouvé notre complicité. Nous savions que, malgré nos différends, nous serions toujours là l'une pour l'autre.

Nous nous quittâmes aux alentours de vingt-deux heures trente. Je m'avançais vers la station de taxi quand me vint une idée farfelue. Je composai le numéro de Frédéric qui répondit dès la première sonnerie :

— Bonsoir, Camille.

— Je ne te dérange pas ?

— Non.

Je me jetai à l'eau.

— Ça te dirait, une balade nocturne dans Paris ?

— Tu es où ?

— Chez *Coco d'Afrique*.

— Retourne à l'intérieur prendre un digestif. Je t'y rejoins dans vingt minutes !

Frédéric ne tarda pas à arriver et je faillis ne pas le reconnaître. Son éternel imperméable beige avait été remplacé par une veste bien coupée portée sur un tee-shirt bleu nuit, et un jean qui tombait sur ses fesses à la perfection. Même son sourire semblait avoir changé. Il m'embrassa sur les joues, et commanda le cocktail maison à base de gin et d'agrumes exotiques. Légèrement enivrés, nous décidâmes de nous promener au hasard, dans cette nuit tiède, lumineuse, et si accueillante. Après quelques pas, il rompit le silence :

— Je sais pour Pedro.

Je n'avais pas la force de lui répondre.

— Ça va, Camille ?

— Je ne sais pas. Tout ça me semble encore irréel. Je n'arrive pas à croire que nos vies vont être bouleversées une fois de plus !

— De quoi parles-tu ?

— De l'accident de Pedro, de la naissance d'Amarilla.

— Et tu regrettes ces événements ? Pedro a survécu, non ? Tu le regrettes ? Et l'arrivée d'Amarilla ? Tu la regrettes ?

— Non ! Bien sûr que non ! C'est juste que… je vois où tu veux en venir, Frédéric… C'est juste que, là, je ne vois pas ce qu'il pourrait y avoir de positif dans les bouleversements qui se profilent.

J'eus soudain très envie qu'il me tienne par la main. Il ne le fit pas. Nous déambulâmes dans les rues : nous tournions à droite, à gauche, au gré de nos envies et de la lumière des réverbères qui guidait nos pas. Bientôt, nous arrivâmes dans le Paris de Jacques Dutronc. Nous traversions un pont, silencieux, attentifs aux bruits encore furtifs des voitures et des passants matinaux. Je m'arrêtai et m'adossai à la rambarde. Je l'attirai vers moi et rapprochai son visage du mien. Il se laissa faire et j'initiai notre premier baiser. Un baiser doux, tendre, qui n'avait absolument rien d'amical, et signait, pour moi, une nouvelle naissance.

30

Pedro, Ariane et Amarilla partirent pour Barcelone une semaine plus tard. C'était une tradition familiale depuis la naissance d'Amarilla. Les vacances commençaient par deux ou trois semaines chez Abuela, puis, ensuite, pour satisfaire la fièvre voyageuse d'Ariane, la petite famille partait visiter un pays qu'elle n'avait pas encore coché sur sa carte du monde. Les trois dernières années, c'est Amarilla qui avait choisi la destination. Ils s'étaient retrouvés à chaque fois en Afrique : au Burkina Faso, au Bénin, puis en Namibie. Si ses parents avaient apprécié le voyage, Amarilla, elle, s'était découvert comme une parenté avec ce continent. Elle s'y sentait chez elle et n'hésitait d'ailleurs pas à dire qu'elle y avait déjà vécu. Cette année, après l'Espagne, ils avaient choisi le Portugal, bien plus proche géographiquement. Je savais qu'ils m'en raconteraient tous les détails à leur retour. Cette année-là, Frédéric et moi avions décidé de nous découvrir comme couple, ses filles passant le mois entier chez leur mère.

J'étais un peu nerveuse pour notre premier rendez-vous. Devant la glace, alors que je me maquillais, me vint une pensée. J'avais rencontré Armand en pleine tourmente, à l'hôpital, et voilà que j'entamais une histoire d'amour dans des circonstances qui, même si elles étaient moins spectaculaires, se révélaient tout aussi tragiques.

Frédéric vint me chercher, pile à l'heure, et m'emmena dans un restaurant qui avait été privatisé à l'occasion de l'anniversaire de sa sœur cadette. Personne ne me regarda avec curiosité. Au contraire, les convives semblaient tous déjà me connaître et je m'immergeai très rapidement dans la chaleur de cette grande fratrie. En rentrant, il décida de s'arrêter à la foire du Trône.

— OK, pas de problèmes, dis-je en sortant de mon sac, sous ses yeux médusés, des sandales à talons plats. Je les prévois toujours, au cas où !

— Tu as eu mille fois raison, j'avoue ne pas y avoir pensé !

Comme des enfants, nous essayâmes tous les manèges, et acceptâmes même que l'on nous extorque tout notre argent pour gagner des bricoles inutiles. Pendant ce mois, nous prîmes le temps de nous découvrir. Et, à la fin de l'été, enfin, cela m'apparut comme une évidence. Une évidence qui était cachée là, sous mes yeux, depuis longtemps, depuis des années. Frédéric était l'évidence que je cherchais et je n'avais eu qu'à m'ouvrir au monde et accueillir mon présent pour le rencontrer.

C'était l'année dernière. Le premier été de Frédéric et moi, le dernier de Pedro avec sa famille. Pedro nous a quittés il y a une semaine. Il a été pris de convulsions dans son sommeil. Personne n'a rien pu faire pour le sauver. Armand, apprenant la nouvelle, nous a dit que c'était peut-être mieux ainsi. Les conséquences neurologiques, s'il s'était réveillé, auraient peut-être été très lourdes. Mais, nous, on n'entendait dans cette phrase que le mot « peut-être ». Peut-être qu'il aurait aussi pu survivre et reprendre le cours normal de son existence.

Pedro a été enterré aujourd'hui. Il y avait, à l'église, puis au cimetière, un monde fou. Une haie de motards a salué son cercueil à la sortie de l'église et lui a ouvert la voie jusqu'au cimetière du Père-Lachaise qu'il aimait tant.

Le plus dur pour moi, comme pour tous ceux qui étaient présents, ne fut pas la peine d'Ariane, mais celle d'Abuela.

Malgré sa foi chevillée au corps, son désespoir était poignant. L'expression de sa tristesse contrastait avec la douleur, toute en retenue, d'Ariane.

Mais le plus étonnant fut l'attitude d'Amarilla. Elle était triste, mais, depuis l'annonce de son décès, elle parlait du « départ » de son père. Il n'était pas mort. Il était parti. Comme s'il allait revenir, comme s'il était toujours parmi nous, d'une autre manière.

Il y a quelques jours, quand j'en ai parlé avec Djibril, il a fait déposer chez moi un texte du grand poète sénégalais Birago Diop : *Souffles*. Je le découvris en compagnie d'Ariane, des sœurs de Pedro et d'Amarilla. À la fin, Amarilla nous annonça simplement qu'elle voudrait le réciter le jour de l'enterrement. Elle nous précisa qu'elle ne voudrait pas le lire pour elle, parce qu'elle savait déjà ces choses-là, mais plutôt pour ceux qui sont trop tristes : pour leur faire comprendre que son père vivait toujours parmi nous.

Ainsi fut fait. Cet après-midi, au cimetière, je lus avec elle dans un silence absolu, qui donna l'impression que chaque souffle de mot nous atteignait et nous pénétrait jusqu'au cœur.

Ce soir, dans l'appartement d'en face, nous sommes entre nous : la famille de Pedro, la famille de Frédéric, Ariane, Amarilla et moi. Ariane et sa fille sont assises côte à côte, mais c'est la fille qui semble soutenir sa mère. Toujours dans cette position d'abandon, Ariane a demandé à sa fille :

— Tu sais, je t'ai entendue, le dernier soir, quand tu es allée dire au revoir à papa.

— Oui ?

— Tu t'en souviens ?

— Oui.

— Tu ne lui as pas dit « bonne nuit ».

— C'est vrai.

— Tu lui as dit « au revoir ». Tu savais ?

— Je savais que je devais lui dire « au revoir » et pas « bonne nuit ».

Nous prenions chaque jour un peu plus conscience de l'écart qu'il y avait entre elle et nous. Et nous savions, les uns et les autres, que cet écart n'était ni physique ni intellectuel. Il se situait au niveau de la conscience, un niveau auquel elle avait accès, et pas nous.

31

Je suis sur le point d'accoucher. Enceinte de huit mois. Frédéric et moi nous marions dans deux mois. Contrairement à celui d'Ariane, dès l'annonce de ma grossesse, mon ventre s'est démesurément distendu. À quatre mois, on me croyait déjà sur le point d'accoucher ! J'ai donc proposé à Frédéric de nous marier après la naissance pour choisir la plus belle robe possible. Notre famille a besoin de rire, de gaieté, de moments de partage qui nous fassent nous rappeler que nous sommes vivants et en bonne santé.

Nous sommes venus en Bretagne passer quelques jours dans un sympathique gîte familial face à la mer. Je n'ai pas eu de mal à convaincre Ariane. Depuis le départ de Pedro, ses résistances semblent avoir faibli. C'est comme si elle avait compris qu'il lui suffisait de remplir sa part à elle et que le destin ferait le reste. Elle est plus calme, plus posée. Quand je lui ai proposé ces quelques jours en Bretagne, à Saint-Malo, elle m'a simplement dit :

— Pourquoi pas.

— Tu es d'accord ?

— Ça t'étonne, hein ? Je te comprends. Mais, là, tu vois, je me dis juste que je suis fatiguée de ces batailles continuelles pour améliorer les conditions de vie d'Ama. Elle voudrait progresser plus vite, s'ennuie à son école. Mais toutes les démarches administratives, tellement lourdes, toute cette paperasse, toute cette bêtise. J'envie les Anglais qui ont une politique totalement différente pour les enfants comme Ama. On en parle beaucoup à l'association. Il y a même une maman, Hortense, qui a carrément sauté le pas et est partie vivre à Londres. Moi aussi, j'en ai un peu marre, je l'avoue. Je voudrais dire « stop » quelque temps. Avoir une vie banale, normale… Mais je ne l'aurai pas ! Alors, oui, quelques jours ailleurs, profiter d'un bon air marin, tu vois, je ne dis pas non.

— Tu seras d'accord pour aller à la maison, après ?

Elle eut un geste fataliste.

— Oui, Camille. Faisons-le une fois pour toutes. Il m'a fallu du temps, mais je suis prête à solder les comptes du passé. Toi, par contre, tu es sûre que c'est le bon moment ?

— As-tu jamais vu une femme enceinte aussi en forme que moi ?

— Là, c'est vrai. Tu as toute mon admiration, vraiment ! C'est quoi ton secret ?

— Je suis heureuse ! Ça aide !

J'avais parlé sans réfléchir et je me rendis compte trop tard que j'avais peut-être blessé ma sœur.

— Je suis heureuse pour toi, Camille. Sérieusement ! Il était temps.

— Merci, sœurette. Toi aussi, tu mérites d'être heureuse.

— Oh, moi…

D'un haussement d'épaules, elle eut l'air de signifier que cela n'avait plus d'importance.

Dans la maison de Rennes, les locataires nous ont gentiment accueillis. Ils avaient même pris la peine de faire le ménage dans la cave, si bien qu'elle nous a presque paru propre. J'avais l'impression de revenir saluer un parent délaissé.

Frédéric entra en premier, suivi de près par moi, Amarilla et Ariane. Il régnait dans la pièce une solennité intimidante. Nous regardions autour de nous, sans savoir par où commencer. Je me suis dirigée vers un vieux fauteuil devant lequel trônait la grosse malle de notre mère. À l'intérieur, il y avait un mélange hétéroclite d'objets datant de son enfance et de la nôtre. Des lettres des correspondances qu'elle entretenait avec ses copines anglaises et allemandes. Des photos de ses parents, à la campagne.

Ariane se dirigea droit vers une armoire qui contenait des effets de notre père : vêtements, chaussures, cravates… Elle l'ouvrit et la referma aussitôt :

— Aussi sinistre que lui !

Amarilla farfouillait parmi nos jouets d'enfants et nos cahiers d'adolescentes. Nous ne fîmes pas vraiment attention à elle quand elle déclara :

— J'ai trouvé !

Amarilla était tellement curieuse qu'elle « trouvait » toujours quelque chose. Elle donna à Ariane les deux vieilles boîtes de biscuits :

— Maman, c'est pour toi !

Son ton impérieux nous incita à nous rapprocher.

— C'est pour toi, maman, répéta-t-elle.

Étrangement, Ariane ne posa pas de questions. Elle observa longuement les deux boîtes, s'en saisit puis se recroquevilla dans un coin de la pièce. Elle prit une grande inspiration, avant d'ouvrir la première boîte. Elle en sortit une feuille, apparemment arrachée d'un cahier, et annotée de l'écriture de notre père :

Pardon, Ariane.

Elle regardait la feuille encore et encore, comme si elle avait peur qu'elle disparaisse si elle la quittait du regard ne serait-ce qu'un instant. Puis elle tira de la boîte une grande enveloppe marron d'où s'échappa une photo pressée de se dévoiler à nos regards. Un paquet de photos tomba à sa suite, et s'étala à terre comme un jeu de cartes. Ariane porta la main à sa bouche et se mit à pleurer abondamment, sans pouvoir s'arrêter. Ama s'élança vers elle et l'entoura de ses bras. Ariane tenta de réfréner ses sanglots :

— J'aimerais qu'on la découvre ensemble. Vous êtes prêts ?

Ama hurla « oui », Frédéric et moi nous contentâmes d'acquiescer de la tête.

Sur la première photo, on voyait un bébé d'environ six mois, à la peau très claire, et dont la masse de cheveux noirs était incroyablement abondante. Ariane l'observa attentivement, minutieusement, avant de nous la donner. Sur la deuxième, le bébé, qui devait approcher de un an, se tenait debout, au milieu d'une pièce. On voyait deux mains d'homme se tendre vers lui ; à son regard, on devinait que l'enfant hésitait à répondre à cette invitation. La masse de cheveux était encore plus impressionnante et sa peau très légèrement foncée.

Des larmes coulaient sur les joues d'Ariane pendant qu'elle scrutait les photos. Elle les enchaînait les unes après les autres, soudain avide de rattraper le temps qui s'était figé pour elle vingt ans plus tôt. Sur la dernière se tenait une très jolie métisse d'à peu près l'âge d'Ama. Elle était habillée dans un style recherché et fixait l'objectif avec assurance. Sa masse de cheveux, domptée par un ruban, se rebellait et des mèches s'échappaient ici et là. Elle respirait l'intelligence et la joie de vivre. Transportée de bonheur, Ariane affichait maintenant sa fierté d'avoir participé à la création d'un tel joyau. Elle prit une photo au hasard et demanda à Ama :

— Tu sais qui c'est ?

— Oui, c'est ma grande sœur.

Nous la regardâmes, pris une fois de plus au dépourvu par sa clairvoyance.

— Papa me l'avait dit. C'était notre secret à tous les deux.

— Quoi ? Il t'avait dit ça ? Quand ?

— Oh, il y a longtemps ! Je lui avais demandé si j'avais une grande sœur, et il m'avait dit « oui ». Mais qu'elle vivait dans un autre pays et que c'était compliqué.

Frédéric intervint alors :

— Et pourquoi tu lui avais demandé si tu avais une grande sœur ?

— Parce que je le sentais. C'est tout !

Ariane reporta son attention sur la seconde boîte qui contenait une autre feuille d'écolier arrachée. Le texte y était plus long.

Pardonne-moi, ma fille.

Je sais que je n'ai pas été un bon père.

Mais, crois-le ou non, je vous aimais.

Mal. Mais je vous aimais.

Et votre mère a été mon seul amour.

Je ne sais comment cette lettre a pu échapper à ma folie destructrice.

J'ai brûlé toutes les autres.

J'espère qu'elle te mènera à elle. Je n'ai pu brûler les photos.

Elle est tellement belle !

Pardon.

Ariane saisit son visage entre ses mains, puis se mit à lire la lettre qui contenait peut-être la clé de son désir le plus désespéré. Celle-ci datait de six mois après son accouchement.

Ariane, mon amour,

Je ne sais dans quelles souffrances te trouvera cette lettre. Je suis tellement désolé de tout ce que tu as dû endurer, tellement désolé, déboussolé, furieux contre tes parents, et contre les miens. Ils viennent de tout m'avouer. Je ne savais pas que tu étais tombée enceinte. Je m'en veux tellement, si tu savais ! Je m'en veux, et en même temps, quand je regarde notre enfant, je suis émerveillé !

Mes parents m'ont tout avoué aujourd'hui : ce sont eux qui ont adopté notre enfant. Ton père avait pris contact avec le mien dès l'annonce de ta grossesse et menaçait de m'accuser d'avoir abusé d'une mineure. Il voulait me faire payer !

Quand il a parlé de faire adopter notre enfant, mes parents se sont immédiatement proposés. Comme ces procédures sont plus faciles aux États-Unis, tout s'est passé là-bas. À notre insu à tous les deux. J'ai bien trouvé étrange cette adoption tardive, mais mes parents avaient toujours dit qu'ils auraient voulu avoir d'autres enfants et qu'ils avaient renoncé après deux fausses couches. Ce qui m'a mis la puce à l'oreille, c'est une discussion que j'ai surprise entre eux hier. Ma mère n'arrêtait pas de répéter combien ma petite sœur me ressemblait au même âge, et, quand mon père lui a répondu « C'est normal », toutes les pièces du puzzle se sont assemblées. Je les ai mis au pied du mur et les ai forcés à tout m'avouer. Je comprends enfin ta soudaine disparition. Je leur en veux, mais comme a dit ma mère pour se défendre, leur décision me permet de voir grandir notre fille, qui aurait été, sinon, adoptée par une famille américaine. J'en prendrai soin jusqu'à ce que tu puisses me rejoindre. Je compterai les jours jusqu'à tes dix-huit ans. Tu viendras, n'est-ce pas ? Tu viendras ? Nous t'attendons tous les deux. Et mes parents sont prêts à t'accueillir.

Je t'aime, follement, encore plus depuis que je sais ce que tu as dû endurer, le prix que tu as dû payer pour notre amour.

Voici une photo d'elle prise récemment :
Elle s'appelle Katherine et est géniale.

Appelle-moi, mon amour. Voici mon numéro de téléphone.

À toi, à nous, à très vite.
Aidan

La lettre glissa doucement des mains d'Ariane quand Ama vint se blottir contre elle. Elles restèrent ainsi longuement. Frédéric, qui était assis par terre, entoura mes épaules de ses deux bras.

— Je t'aime, murmura-t-il à mon oreille.

— Je t'aime, murmura Ariane à l'oreille d'Amarilla, comme en écho. Bon, je crois que nous avons la raison de notre venue aujourd'hui. On retourne à Saint-Malo ?

— Oui, nous avons eu notre lot d'émotions pour la journée, renchérit Frédéric. Plus d'émotions, ça pourrait être trop pour le bébé !

— Oh ! Il y a autre chose que je sais, intervint alors Ama.

— Quoi encore ? demanda Ariane.

— Il y a deux bébés dans le ventre de tatie !

— Quoi ? hurla Ariane. Quoi ? Elle est sérieuse là ?

— Bien sûr que je suis sérieuse. Je les ai entendus en parler hier, quand tu ramassais des coquillages sur la plage.

— On voulait faire la surprise à tout le monde ! Personne n'est au courant, je t'assure, répliquai-je pour me défendre de ne pas lui avoir révélé plus tôt notre secret.

— Oh, *my goodness* ! furent les seuls mots qu'Ariane parvint à articuler.

32

À l'instant où je posai mon regard sur Maxime et Emma, je sus que ma vie leur serait dédiée. J'aimais Frédéric de tout mon cœur, mais ce lien n'avait aucune commune mesure avec le sentiment amoureux. Ils débarquèrent en pleine nuit au mois d'août, juste après mon quarantième anniversaire, et me bouleversèrent aussitôt de bonheur. Je les avais tant attendus et désirés.

Frédéric était aussi bouleversé que moi. Sa deuxième paire de jumeaux semblait l'émouvoir autant que la première. Cependant, il tint à préciser :

— Si je dois les faire deux par deux, je crois que l'on va s'en tenir là, hein !

Je reçus beaucoup de visites ce jour-là. Passèrent Laurie et Lilou, bien sûr. Maintenant qu'elles étaient préados, elles se contentaient d'une petite touche de jaune dans leur tenue : un foulard, une boucle d'oreille ou une ceinture. Amarilla, elle, arriva habillée en jaune de pied en cap. Elle était accompagnée d'une Ariane que je n'avais jamais vue aussi attendrie en face de nourrissons.

— Quoi ? On change, hein, tu sais, se contenta-t-elle de dire, face à mon sourire narquois.

Puis ce fut le tour de la nombreuse famille de Frédéric, suivie de celle de Pedro dont nous étions restés très proches. À la fin de la journée, j'étais plus épuisée par ce marathon de visites que par la mise au monde de mes deux bébés.

Nous sortîmes cinq jours plus tard, en pleine forme, et commença alors un deuxième marathon, l'organisation du mariage, que je laissai reposer entièrement sur les épaules de ma belle-sœur et de ma belle-mère !

Ariane, quant à elle, avait eu besoin de deux jours pour trouver le courage de contacter Aidan. Étrangement, elle n'avait pas douté une seconde que le numéro inscrit sur l'enveloppe soit toujours le bon. Elle tomba sur lui, en effet. Mais il était en mission à Dubaï pour deux mois. Il était ingénieur des ponts et chaussées et parcourait le monde au gré de ses obligations professionnelles. Elle ne se confia pas plus sur la teneur de leur discussion. Elle consentit tout de même à m'avouer qu'il n'était pas marié et n'avait pas eu d'autre enfant. Elle ne voulut pas me dire en revanche s'ils avaient décidé de rester en contact. Mais, un jour, je découvris un superbe bouquet de lys blancs sur son bureau. Elle me confia alors :

— Son prochain voyage est au Japon. Il y va avec Katherine, qui est passionnée de photo. Ils comptent parcourir le pays pendant deux mois… N'en tire aucune conclusion !

— Bien sûr que non ! dis-je. Je me disais simplement que maintenant que tu t'es orientée dans la création de bijoux ethniques et que tu es ton propre patron, tu peux t'organiser comme tu veux. Même aller vivre en Angleterre, si tu en as envie…

— Tu sais que tu aurais dû être scénariste ?

— C'est vrai que j'aime les belles histoires…

Le jour J arriva enfin. Telles des abeilles dans une ruche, une multitude de personnes s'affairait, courant de droite à gauche, rangeant, nettoyant, décorant. La cérémonie se déroulait dans la magnifique et majestueuse propriété familiale de Frédéric, en Normandie. Une aile avait été dédiée à la famille de Pedro ainsi qu'à Ariane. Amarilla, elle, était arrivée avant nous avec les jumelles. Il y avait aussi Muriel, l'ex-femme de Frédéric, avec son fils de quatre ans. Son mari devait la rejoindre d'un instant à l'autre.

Avant que je m'installe dans la somptueuse calèche, Ariane me souffla à l'oreille :

— Ils seront là.

— Quoi ?

J'avais parlé si fort que plusieurs personnes s'étaient retournées.

— Je les ai invités. Ils seront là d'un moment à l'autre, reprit-elle.

— Oh, Ariane ! C'est un grand jour pour nous deux. Encore plus pour toi que pour moi, quand on y pense.

— Non. C'est ton jour !

Elle monta avec Amarilla et moi dans la calèche qui me conduisait à l'autel vers mon futur mari. À l'église, je tentai de rester concentrée. J'avais envie de me retourner chaque fois que quelqu'un entrait. La cérémonie, avec un prêtre togolais, spirituel dans les deux sens du terme, se termina sous une salve d'applaudissements au moment où Amarilla prononça le traditionnel « oui » en même temps que moi.

Nous sortîmes en longeant la belle allée sous une nuée de pétales de rose et de piquantes poignées de riz. J'étais en train de baisser la tête pour me protéger quand je surpris le regard hésitant d'Ariane : là, au bout de l'allée, un homme d'une quarantaine d'années, beau comme une star de cinéma, se tenait aux côtés d'une jeune femme ravissante, à la crinière imposante, qui s'élança droit dans les bras de ma sœur. Elle l'accueillit avec la force des vingt années d'amour refoulé qui, subitement, jaillissaient.

Le temps suspendit son souffle, une seconde, et, je peux l'affirmer sans le moindre doute : ce jour-là fut l'un des trois plus beaux de notre vie, à ma sœur et à moi.

Aidan s'avança vers moi, m'embrassa et me félicita, puis il se baissa à la hauteur d'Amarilla.

— Qui est cette belle jeune fille ?

— Je m'appelle Amarilla. Mais mes amis m'appellent Ama.

— Oh, Ama ! Sais-tu ce que ça veut dire ?

Nous regardâmes Ama, prêtes à éclater de rire. Puis ce fut la stupéfaction : pour la première fois, j'entendis ma nièce répondre :

— Non, je ne sais pas.

— Ça veut dire « âme ». Tu es probablement une belle âme pour avoir mérité un aussi joli prénom.

Ceux qui sont morts ne sont jamais partis :
Ils sont dans le Sein de la Femme,
Ils sont dans l'Enfant qui vagit
Et dans le Tison qui s'enflamme.
Les Morts ne sont pas sous la Terre :
Ils sont dans le Feu qui s'éteint,
Ils sont dans les Herbes qui pleurent,
Ils sont dans le Rocher qui geint,
Ils sont dans la Forêt, ils sont dans la Demeure,
Les Morts ne sont pas morts.

Birago Diop, « Le souffle des ancêtres »,
Leurres et lueurs, Présence africaine, 1960.

Remerciements

Lorsque l'on se lance dans cette aventure passionnante de coucher sur papier le brouhaha incessant se déroulant dans sa tête, qui semble animé d'une vie autonome, dissociée de la nôtre, il arrive parfois que, au détour d'une phrase ou au cours d'une relecture, on réalise subitement l'inconscience dont on fait preuve ! Se prétendre auteure ! Quelle suffisance !

C'est alors qu'on saisit son téléphone et qu'on appelle LA personne qui saura, d'une phrase, éloigner de vous toute insécurité : Shadé, ma fille, mon alliée, ma première lectrice, c'est à ton frère Djibril et à toi que vont, en premier, mes remerciements.

D'autres, soutiens indéfectibles, vous encouragent et vous prouvent, de mille manières, qu'ils croient en vous : Claire et Claire, Sophie et Christiane, Sandra et Sandrine, Catherine et Marie-Catherine, Magalie – ah Magalie ! Quel bonheur de vous avoir dans ma vie !

Merci à mon abondante et bienveillante fratrie, qui surestime mes talents, et me fait croire ainsi que rien ne peut me résister ! Quelle force vous me donnez !

Mention spéciale à Liliane, qui, la première, a travaillé avec acharnement pour éditer mes premiers livres.

Ce travail d'édition, je le découvre petit à petit, et j'ai une reconnaissance infinie pour celles qui m'ont portée, encouragée, corrigée, afin que ce livre prenne sa forme définitive : Anne, Stéphanie, Nolwenn, Elodie, merci, merci, merci.

Et pour finir, je dédie ce livre à toi, Céline, 31 ans d'amitié ; je suis infiniment heureuse que tu aies eu le temps de le lire, de me donner ton avis. Et je sais que, de là-haut, tu veilles sur nous et sur toutes les Amarilla de la terre.

Composé par Soft Office

Achevé d'imprimer par Normandie Roto Impression s.a.s.
sur papier bouffant Munken Print White 80g
N° d'imprimeur : 1800246
Dépôt légal : février 2018

Imprimé en France